L’Amour fou

Dans la même collection

L'Amour maternel, Plon, 2023.

Sous la direction de

Caroline Vallat

L'Amour fou

nouvelles

RÉCAMIER

92, avenue de France
75013 Paris
Tél. : 01 44 16 09 00
Fax : 01 44 16 09 01
www.editions-recamier.fr
www.lisez.com

Mise en pages : Nord Compo
Dépôt légal : février 2024
ISBN : 978-2-38577-093-8

Tout a commencé pendant le premier confinement quand, sidérée par cette demi-vie où mon métier de libraire n'était plus essentiel, j'ai ressenti le besoin d'écrire. L'idée de *L'Amour fou* est née à ce moment-là.

Le sujet de ma nouvelle en tête, je l'ai travaillée et fignolée pendant près de quatre mois. J'ai trouvé l'exercice éminemment difficile mais je suis heureuse d'avoir basculé, le temps d'un instant, dans le monde des auteurs !

Comme pour *L'Amour maternel* paru en 2023, j'ai souhaité inviter des écrivains que je connais bien, et dont j'aime follement et inconditionnellement les romans, qu'ils soient lumineux ou plus sombres.

Un immense merci à Amélie Antoine, Emmanuelle Artero, Jacques-Olivier Bosco, Hervé Commère, Jacques Expert, Mathieu Lecerf, Jérôme Loubry, Laurence Peyrin, Patrick Senécal et Sophie Tal Men d'avoir accepté d'écrire une nouvelle sur ce thème universel, et pourtant si personnel, qu'est l'amour.

Quel bonheur de découvrir la manière dont vous vous êtes emparés du sujet, avec vos sensibilités et vos univers si différents, si riches, si fous ! Vos histoires m'ont transportée !

Merci Céline Thoulouze de continuer l'aventure autour de l'amour sous toutes ses formes dans sa nouvelle maison d'édition, merci Emma Lormant pour nos échanges ; et merci à toute l'équipe Récamier qui accompagne la sortie de ce deuxième recueil.

Bonne lecture, je vous souhaite de belles surprises et de folles émotions !

Et vive l'amour !

Caroline Vallat

Vingt-cinq mille

Amélie Antoine

— Celle-ci est jolie, non ? Avec le train à crémaillère rouge vif qui serpente à travers le paysage enneigé…

Madeleine montre de l'index la carte postale au décor idyllique figé sur papier glacé et, d'un signe de tête, Léon approuve le choix de celle qui partage sa vie depuis si longtemps qu'il serait bien incapable de se souvenir de moments sans elle. Il y a quelques mois, ils ont fêté leurs noces de granite en famille. *Soixante-huit ans de mariage, un chiffre qui donnerait le vertige à bien des jeunes aujourd'hui*, songe Léon en complétant le document que vient de faire glisser vers lui la réceptionniste de l'hôtel. Nicole et Roland avaient confectionné une banderole dorée un peu kitsch pour l'occasion, avec inscrit en lettres majuscules : « Un couple solide comme un roc ! »

Madeleine, visiblement ravie d'avoir déniché dès leur arrivée les cartes postales qu'elle s'est fait une règle d'envoyer à chaque déplacement ou voyage, en dépose cinq identiques sur le comptoir en bois sombre.

— Pour Roland, Nicole, Amandine, Juliette et…, précise-t-elle avant de s'interrompre et de plonger son regard vers l'immense baie vitrée qui offre une vue à couper le souffle sur les montagnes et leur épais manteau blanc.

Léon pose une main sur la sienne. Sa peau burinée par le temps vient recouvrir celle toujours aussi pâle de son épouse, qui tourne la tête pour lui sourire.

— Et pour Grégoire, évidemment, achève Léon en tendant les cinq cartes postales à la jeune femme brune en uniforme.

Ils ont eu la chance d'avoir deux enfants. Le choix du roi, comme ils se le sont si souvent entendu dire. Deux enfants, trois petits-enfants et cinq arrière-petits-enfants qu'ils ne voient pas aussi fréquemment qu'ils l'auraient imaginé, distance oblige, puisque Nicole s'est installée au fin fond de la Bretagne, et que Grégoire a filé en Australie à vingt-cinq ans, quelques mois après avoir rencontré Lorene. Une famille éclatée à travers le globe, voilà qui n'a pas aidé à resserrer les liens au fil du temps, a souvent regretté Madeleine, même si elle n'a jamais fait le moindre reproche à leurs enfants.

— Oui, bien sûr, Grégoire, où avais-je la tête ? murmure Madeleine en sortant son porte-monnaie.

— Vous n'avez pas besoin de régler maintenant, je mettrai les cartes sur votre note, précise aussitôt la réceptionniste tirée à quatre épingles. Voici le badge qui vous permettra d'accéder à votre suite ; vous verrez, c'est la plus belle de notre établissement, avec une vue époustouflante sur les massifs enneigés !

Quelques minutes plus tard, lorsque Léon contemple l'air émerveillé et le sourire rayonnant de Madeleine, il sait qu'il a fait le bon choix. Son épouse avait entendu parler de cet hôtel à près de deux mille mètres d'altitude lors d'un reportage à la télévision. Un refuge construit pierre par pierre au XIXe siècle, à l'origine pour accueillir des alpinistes, et restauré en établissement d'exception. Madeleine avait instantanément été séduite par le hall au charme désuet, le grand escalier recouvert de moquette rouge, les chambres lambrissées de vieux bois, le mobilier rétro et la décoration en hommage aux plus grands explorateurs ayant séjourné là par le passé. Un lieu chargé d'histoire, une irrésistible invitation à remonter dans le temps, perchés en plein cœur du massif du Mont-Blanc... Léon avait lu l'éblouissement dans le regard de son épouse, et il s'était promis d'un jour l'emmener dans cet hôtel extraordinaire. Eux qui avaient besogné toute leur vie, qui s'étaient montrés économes, qui avaient d'instinct toujours fait passer les besoins et désirs de leurs enfants avant les leurs, eux qui ne s'étaient jamais offert un voyage à la montagne, symbole ultime du luxe à leurs yeux...

Léon s'approche de la grande fenêtre en bow-window, écarte le plus possible l'épais rideau ivoire parsemé de motifs de flocons pour dégager la vue.

Derrière les sommets, le soleil commence déjà à décliner, signe que d'ici une heure, un couvercle opaque viendra recouvrir l'horizon. Il fait signe à Madeleine de venir s'asseoir sur le lit, idéalement placé devant la fenêtre.

— Mon chéri, c'est une folie d'être ici..., murmure-t-elle en se hissant péniblement à côté de lui.

— L'occasion est spéciale et mérite toutes les folies, justement, riposte Léon en regonflant les oreillers pour que son épouse soit installée au mieux.

Un sourire rêveur éclaire son visage et, en le remarquant, Léon ne peut s'empêcher de penser à cet air radieux que Madeleine arborait la première fois qu'il l'a rencontrée. Figée devant la vitrine de la pâtisserie Desrouets, elle contemplait avec délice les rangées parfaitement alignées de gâteaux colorés. « Ils font envie, n'est-ce pas ? » avait commenté Léon en se postant juste à côté d'elle. Ses cheveux blonds bouclés retenus par une barrette argentée, sa bouche légèrement entrouverte, son nez retroussé, sa peau qui semblait de velours, ses longs cils recourbés : il était aussitôt tombé amoureux d'elle, alors même qu'il n'avait admiré que son profil. Surprise, elle avait pivoté, avait plongé son regard noisette dans le sien, rougissant soudain comme si elle avait honte d'être prise en flagrant délit de gourmandise. Et il avait su que ce serait elle, que ce ne *pourrait* être qu'elle. « J'hésite entre un éclair au café et un mille-feuille : ils ont tous les deux l'air si appétissants… », avait-elle murmuré, les yeux pétillants. Il avait hoché la tête pour lui signifier qu'il ne prenait pas son dilemme à la légère, loin de là.

— Tu as raison, l'occasion est très spéciale, même si personne d'autre que nous n'a jamais dû songer à fêter ce genre d'événement, observe Madeleine en attrapant l'élégant stylo posé sur sa table de chevet.

— Vingt-cinq mille nuits d'affilée passées l'un avec l'autre, ce n'est pas donné à tout le monde, renchérit Léon. Vingt-cinq mille nuits aux côtés de la plus belle femme au monde, tu imagines un peu ?

Madeleine laisse échapper un petit rire cristallin, celui-là même qui a fait succomber Léon plusieurs décennies auparavant. Depuis le jour de leurs noces, ils n'ont jamais passé une nuit loin de l'autre. Ils ont eu cette chance, ce privilège, même s'il a parfois fallu forcer le destin et batailler pour ne pas être séparés. À la maternité, aux naissances de Roland puis Nicole, Léon était resté dormir dans le fauteuil à côté du lit de Madeleine, profitant des rondes très espacées du personnel pour se glisser sous ses draps. Lorsqu'il avait été hospitalisé il y a quelques années pour une opération bénigne, Madeleine avait aussi fait des pieds et des mains pour obtenir un lit pliant dans sa chambre, quand bien même Nicole avait jugé cette obstination ridicule. « À vos âges, on devrait savoir se montrer raisonnable, quand même ! » avait-elle lâché au téléphone.

— Veux-tu ajouter quelque chose ? demande Madeleine en achevant d'écrire les cinq cartes postales.

Léon parcourt les quelques lignes qu'elle a inscrites de son écriture légèrement tremblante. Cinq fois le même message, c'est plus simple. Madeleine a toujours privilégié l'efficacité, ce qui lui convient tout à fait. Comme chaque fois, il se contentera d'ajouter un « Je vous embrasse fort » ou une formule du même acabit sur chacune des cartes, puisqu'il n'a jamais su trouver les bons mots aussi bien qu'elle. Madeleine adore les cartes postales, elle apprécie le fait qu'il faille soigneusement choisir chaque phrase, parvenir à dire l'essentiel dans un espace aux frontières si limitées…

— Où vas-tu ? l'interroge-t-elle lorsqu'elle le voit se lever du lit.

N'est-ce pas ça, l'amour ? N'est-ce pas ça, le bonheur ? Qu'il y ait en permanence quelqu'un pour s'inquiéter de savoir où l'on va ?

— J'ai bien l'intention que tu puisses profiter avant le coucher du soleil de cette magnifique baignoire qui n'attend que toi..., répond Léon.

Il s'empresse d'aller ouvrir le robinet d'eau chaude, puis disperse les sels à la lavande gracieusement offerts par l'hôtel, jusqu'à ce que l'eau fumante se pare d'une douce teinte de lilas délavé. Enfin, il dispose contre la baignoire le marchepied en bois qu'il a veillé à demander avant leur arrivée.

Le ciel est déjà anthracite lorsque Madeleine appelle Léon pour qu'il l'aide à sortir de son bain. Elle se cramponne à son bras ; tous les deux rient de leur duo devenu maladroit. Parfois, ils ont l'impression que chaque mouvement est désormais un défi, un exploit.

— Je n'ai jamais mis de peignoir plus moelleux, c'est incroyable..., apprécie Madeleine en se pelotonnant dans le tissu-éponge d'un blanc immaculé.

Léon l'accompagne jusqu'au fauteuil en cuir face à la fenêtre où elle s'installe et, sans un mot, il lui brosse longtemps les cheveux, jusqu'à ne plus rencontrer la moindre résistance. Malgré les années, même si elle est aujourd'hui bien incapable de lever les bras suffisamment haut pour se coiffer seule, Madeleine n'a jamais cédé à la facilité d'avoir une coupe courte.

Après le sèche-cheveux, Léon entreprend de tresser ses longues mèches blanches. Madeleine se noie dans l'horizon, savoure le plaisir simple de ne pas parler, d'être à deux sans ressentir le besoin de meubler le silence. À la fin, c'est elle qui noue l'élastique de la natte ; avec ses mains tremblotantes, voilà qui serait un exercice des plus difficiles pour Léon.

— À présent, je te propose de nous allonger dans le lit et de regarder un bon film avant d'aller dîner, lance Léon d'un air malicieux. Sache qu'il y a tous les James Bond, tu n'as plus qu'à choisir !

— Mais… comment as-tu fait ? s'étonne Madeleine, stupéfaite.

— Un espion ne révèle jamais ses secrets, ma chérie, tu le sais bien, rétorque Léon en écartant la couette pour que son épouse puisse s'installer.

Un instant, elle le regarde d'un air si attendri qu'il se sent envahi d'une terrible nostalgie.

— Pour que cette soirée soit inoubliable, je ne peux que choisir mon préféré, minaude-t-elle en se lovant contre lui.

— Je me doutais bien qu'il faudrait te partager avec ce satané Roger Moore, plaisante Léon en lançant *Vivre et laisser mourir*.

La tête nichée dans le creux de l'épaule de son mari, Madeleine défait un à un les boutons de sa chemise tandis que le générique du film défile. Elle a abandonné son peignoir sur le parquet, appréciant plus que tout de sentir sa peau contre celle de son époux. Elle effleure les poils gris de son torse, suit de l'index la fine cicatrice qui barre son flanc droit, s'amuse à tracer une carte du ciel imaginaire en reliant les grains de beauté qui parsèment ses jambes. Sous la couette qui sent le frais, elle savoure la chaleur de son corps qui se diffuse peu à peu au sien.

Léon lui caresse la nuque avec douceur, admire ses mains pâles désormais éclaboussées de gouttes caramel, se redresse pour embrasser les rayons de soleil creusés à l'extérieur de ses yeux, pour sentir le velouté de sa taille, de ses hanches, de ses cuisses. Il l'enlace, la serre contre lui, respire l'odeur si familière de son cou, de ses aisselles, de ses seins lourds.

Roger Moore attendra.

Léon s'est assoupi. Sa poitrine se lève et s'abaisse doucement tandis que Madeleine, elle, poursuit le roman qu'elle a commencé dans le train ce matin. Pour la première fois, ils ont voyagé en première classe, un caprice coûteux qu'ils n'avaient jamais osé s'offrir avant, quand bien même Léon souffrait de ne pas pouvoir étendre ses jambes à intervalles réguliers.

— Je crois qu'il est temps de se réveiller, à moins que l'ours en toi ne soit entré en hibernation ? murmure Madeleine en caressant le crâne dégarni de son mari.

Il grommelle avant d'entrouvrir enfin les paupières.

— Ne me dis pas que je me suis endormi… ? bredouille-t-il d'une voix pâteuse.

— Oh, ne t'en fais pas, je n'étais pas seule : Roger m'a tenu compagnie, tu sais, lâche-t-elle, taquine.

Léon jette un coup d'œil à sa montre, se redresse en déclarant qu'il est temps de se préparer pour aller dîner.

— J'espère que tu as faim, car le menu gastronomique promet d'être succulent !

— Tu es sûr que dépenser autant est judicieux ? ne peut s'empêcher de s'inquiéter Madeleine. Jeter l'argent par les fenêtres, ce n'est pas…

— Tsss tsss, je ne veux pas de ça aujourd'hui ! la reprend gentiment Léon. Si on ne met pas les petits plats dans les grands ce soir, on ne le fera jamais !

Madeleine acquiesce, se rend à l'évidence. Vingt-cinq mille nuits, qui peut prétendre à autant ? Même Jules Verne n'a pas osé aller au-delà de vingt mille lieues sous les mers…

Elle remet son peignoir tandis que Léon ouvre leur petite valise à roulettes. C'est la seule qu'il peut encore manier facilement, et, par bonheur, Madeleine n'éprouve aucune frustration à voyager léger. Il en sort une housse noire, qu'il dépose sur le lit.

— C'est pour toi, indique-t-il d'un ton joyeux.

Madeleine hausse les sourcils, et Léon apprécie d'être encore capable de la surprendre après tant d'années. C'est elle qui a fermé la valise la veille au soir, mais il a pris soin d'aller la rouvrir pour y glisser ce présent en catimini…

Elle pousse un cri d'admiration lorsqu'elle découvre la robe noire à l'intérieur de la housse. Une robe trapèze en velours soyeux, aux manches longues légèrement bouffantes. Dès qu'il l'a vue en boutique, Léon a su qu'elle serait faite pour Madeleine.

— Tu n'aurais pas dû…, bégaye-t-elle en tâtant l'étoffe. Et puis, je n'ai plus l'âge de porter ça, je suis bien trop vieille… Un pruneau tout fripé dans un écrin haute couture, tu te rends compte ?

— Un « pruneau tout fripé » ? s'esclaffe Léon qui ne la prend pas une seconde au sérieux. Il n'y a pas de limite d'âge pour porter une belle robe, ma chérie, et je n'ai aucun doute sur le fait qu'elle va t'aller à ravir !

Madeleine se laisse convaincre et disparaît dans la salle de bains pour s'apprêter. Pendant ce temps,

Léon sort son costume de la valise. Son costume de mariage, qui lui va encore comme un gant. Il aurait pu s'en offrir un nouveau pour l'occasion, mais il trouvait symbolique de le remettre ce soir. Même le nœud papillon noir paraît encore neuf. *Rien à voir avec la qualité des vêtements qu'on trouve de nos jours en magasin*, songe-t-il en boutonnant sa chemise.

Au moment où Madeleine réapparaît, Léon est obligé de s'asseoir. Il porte la main à sa poitrine, fait mine d'être si subjugué que son cœur menace de s'arrêter, ce qui fait sourire son épouse. Aussitôt, la fossette qu'il adore tant creuse sa joue gauche. Un instant, l'image de la jeune femme qu'elle était se superpose à sa silhouette et son visage d'aujourd'hui. Leur rencontre devant la pâtisserie, c'était il y a une éternité, c'était hier à la fois.

— Tu es magnifique…, murmure-t-il avec tendresse. Il n'y a que toi qui pouvais rendre cette robe encore plus belle…

Il s'approche d'elle, la fait tourner doucement sur elle-même pour la voir de dos. Sans qu'elle ait besoin de le demander, il remonte la fermeture éclair, en profite pour déposer un baiser sur sa nuque. Il remarque qu'elle porte le petit pendentif en diamant qu'il lui a offert pour leurs soixante ans de mariage. Celui-là même qu'elle n'a quasiment jamais osé mettre de peur de l'égarer, ou même de se le faire dérober…

— Ça aurait été un sacrilège de le laisser dormir au fond de mon coffret à bijoux ce soir, explique-t-elle en reculant d'un pas pour mieux contempler son époux. Toi aussi, tu as fière allure, mon amour…

Elle le revoit le jour de leur mariage, à l'attendre devant le maire. Comme il était nerveux, à danser d'un pied sur l'autre ! Il avait poussé un soupir de soulagement lorsqu'elle avait prononcé la syllabe tant espérée d'une voix forte et claire qui avait fait rire l'assemblée, et ses mains tremblaient tellement d'émotion quand il avait voulu passer l'alliance à son annulaire qu'il avait dû s'y reprendre à plusieurs fois pour y parvenir…

Elle attrape sa main pour la porter à son visage, poser sa joue dans sa large paume.

— Je voulais mettre les boucles d'oreilles que Roland m'a envoyées pour Noël, mais je n'ai pas réussi à les retrouver hier, déclare-t-elle d'un air un peu déçu.

— Aucune importance : tu ne pourrais pas être plus jolie que tu ne l'es déjà, de toute manière, rétorque Léon. Dis-moi, es-tu prête à déguster le meilleur repas de toute ta vie ? Nous ne sommes pas pressés, tu sais : si tu as envie de terminer ton roman, on peut descendre au restaurant tout à l'heure, ils nous attendront.

D'un mouvement du menton, il désigne le livre que Madeleine a reposé sur sa table de chevet. D'après la position du marque-page qu'elle a glissé à l'intérieur, il ne lui reste que quelques chapitres.

— C'est une très belle histoire, explique-t-elle à celui qui ne lit jamais aucun roman, mais qui a toujours apprécié qu'elle lui raconte ses lectures au fur et à mesure, la pressant même parfois de trouver du temps pour poursuivre afin qu'il puisse enfin connaître la suite. Une très belle histoire, mais j'aime laisser le champ des possibles ouvert… À ce stade, il peut encore arriver n'importe quoi au héros, rien n'est joué... Et c'est ce moment que je préfère, à vrai dire !

— Dans ce cas, plus rien ne nous empêche d'aller dîner, conclut Léon en tendant le bras à son épouse d'un geste cérémonieux.

Elle s'empresse de s'accrocher à lui, comme deux aimants qui se rencontrent. Léon attrape leurs manteaux, elle, les cartes postales, et ils referment la porte derrière eux.

Après s'être enquise de leur installation et s'être assurée que le début de leur séjour se déroule au mieux, la réceptionniste glisse les cinq cartes dans une petite boîte aux lettres en bois accrochée sur le côté du comptoir.

— Elles partiront demain en début de matinée, les assure-t-elle d'un ton courtois.

Madeleine paraît satisfaite. C'est une chose de moins à laquelle penser, même si elle sait bien que leurs enfants et leurs petits-enfants ne vivent pas dans l'attente de ces cartes postales. Mais s'il y a bien une chose qu'elle a toujours détestée, c'est de recevoir un courrier après que les expéditeurs sont revenus de vacances : quelle absurdité ! Voilà pourquoi elle accorde une grande importance à écrire et poster ses cartes dès le premier jour de n'importe quel voyage. Étant donné la brièveté de leur escapade en montagne, il n'y a que très peu de chances que, cette fois-ci, les missives arrivent à temps, mais ce n'est pas une raison pour déroger à ses principes.

La salle de restaurant est à l'image du reste de l'hôtel : élégante et chaleureuse. Des fauteuils à l'assise en velours rouge, des photos anciennes encadrées et accrochées aux murs lambrissés, des bougeoirs raffinés sur chaque table.

Le serveur a conduit Léon et Madeleine à une table près de la baie vitrée, un peu en retrait du reste de la salle. Ce sera parfait pour se couper du brouhaha ambiant, qui empêche parfois Léon de suivre une conversation.

— Puis-je vous proposer un apéritif pendant que vous consultez notre menu ? demande l'employé d'un ton poli.

Léon hoche la tête, jette un coup d'œil rapide à la carte avant de commander une coupe de champagne rosé. Avec les médicaments qu'il prend au quotidien, l'alcool ne fait pas bon ménage, mais ce soir, au diable les restrictions !

Madeleine paraît hésiter. Le serveur reste immobile devant eux, sans montrer le moindre signe d'impatience.

— Je voudrais un... Je ne trouve plus le mot, zut ! C'est terrible, de vieillir, plaisante-t-elle sans lever le nez de la carte. Vous savez, du champagne avec...

— Madame désire peut-être un kir royal ?

Instantanément, le visage de Madeleine s'illumine d'un large sourire.

— C'est exactement ça ! Vous êtes très perspicace, jeune homme, merci beaucoup !

— Nous avons la classique crème de cassis ou le kir à la liqueur de fleur de sureau, explique le serveur.

Un index posé sur ses lèvres, elle réfléchit.

— La vie est courte, finit-elle par déclarer. Je ne veux pas mourir bête, alors je vais me laisser tenter par la fleur de sureau !

Léon savoure le bonheur presque enfantin qu'il lit dans le regard de son épouse. Il lui a toujours suffi de détails pour être heureuse, des détails qui seraient passés inaperçus pour d'autres qu'elle. La chaleur d'un rayon de soleil sur le bras, la beauté d'un papillon aux ailes zébrées posé sur une fleur, le plaisir d'un carré de chocolat noir avant d'aller dormir, la forme étrange d'un nuage au-dessus de leur tête, la chance de pouvoir être assis côte à côte au restaurant, comme ce soir, plutôt que l'un en face de l'autre…

— Je vais prendre le homard en raviole en entrée, puis le magret de canard rôti. Sans compter le plateau de fromages de garde du Pays, salive-t-il d'avance.

Madeleine ne peut s'empêcher d'être attendrie devant la gourmandise de son époux. Elle pose la main sur sa cuisse, comme pour lui signifier qu'elle comprend – qu'elle *connaît* – son empressement. Ses yeux brillent ; il se délecte du dîner qui promet d'être aussi copieux que savoureux.

Les vitres sont couvertes d'une fine buée lorsque Léon repousse son assiette, enfin repu, une heure et demie plus tard. Madeleine tend la main pour tracer quelques signes sur le verre. À l'extérieur, aucune lumière, aucune silhouette. L'obscurité totale. La nuit a tout englouti sans laisser le moindre repère. Léon prend un air amusé en déchiffrant le message que son épouse a laissé en suspension : « L + M = ». Il l'embrasse brièvement sur la tempe avant d'écrire à son tour sur la paroi recouverte de minuscules gouttelettes d'eau. « 25 000 », trace-t-il en y ajoutant la forme d'un cœur.

— Tous leurs desserts me font envie, je vais avoir beaucoup de mal à me décider, regarde ! commente Madeleine en lui montrant la carte.

Léon examine les propositions en les énumérant à voix haute. Les noms sont tellement alambiqués qu'il lui faut réfléchir quelques secondes pour que son cerveau les relie à un dessert familier.

— Voyons voir… Tartelette soufflée au chocolat grand cru, rêve de légèreté à la douceur citronnée, velours de fruits rouges glacé, ou coup de foudre au chocolat blanc cœur de miel… Effectivement, c'est un véritable dilemme, conclut-il en adressant un clin d'œil à son épouse.

Lorsque le serveur vient prendre leur commande, Léon s'empresse de répondre avant que Madeleine n'ait pu ouvrir la bouche.

— Nous allons prendre les quatre desserts, de manière à pouvoir tous les goûter, déclare-t-il avec flegme, comme si cette requête était des plus communes.

Si le serveur, visiblement formé à ne jamais contredire le client, paraît un bref instant étonné, il se contente de s'incliner et de repartir en cuisine.

— Oh, Léon, quatre desserts, ce n'est pas du tout raisonnable ! s'exclame Madeleine en secouant la tête d'un air malgré tout amusé.

— Qui a dit qu'on devait être raisonnables aujourd'hui ? J'ai mangé de la viande rouge, j'ai salé mes plats sans compter, j'ai dégusté tous les fromages de la carte, j'ai bu du champagne et du vin, alors tu ne croyais quand même pas que tu allais te contenter d'un seul dessert ?

Madeleine serre le bras de son mari, pose la tête contre son épaule. Sans aucun effort, elle se remémore leur rencontre ; cet inconnu un peu bravache qui l'avait abordée dans la rue, et qui était brusquement entré dans la pâtisserie de son enfance pour en ressortir quelques minutes plus tard, un carton enrubanné à la main. « C'est pour vous », avait-il annoncé en s'inclinant pour lui présenter son offrande. Il l'avait invitée à s'asseoir sur un banc, non loin, et elle lui avait emboîté le pas, séduite malgré elle par son audace. Curieuse de connaître le choix qu'il avait fait pour elle, elle avait dénoué le ruban, ouvert la boîte pour découvrir un éclair au café brillant et un énorme millefeuille. « Je me suis dit que ce serait dommage de ne pas goûter les deux, puisqu'ils vous faisaient tellement envie », avait-il déclaré en voyant son air interrogateur. Depuis ce jour-là, ils ont toujours partagé leurs desserts et ne se sont plus jamais séparés. À sa mère qui s'était inquiétée de la voir se marier si rapidement, Madeleine avait répondu : « Quand je suis avec lui, je me sens *entière*, maman. Ça ne s'explique pas ! » Ce sentiment de complétude n'avait jamais disparu, n'avait même jamais diminué avec les années, les obstacles ou les épreuves de la vie.

Il est bientôt 23 heures, et la réceptionniste n'a plus qu'une hâte : être relayée par son collègue pour la nuit. Lorsqu'elle aperçoit Madeleine et Léon, enlacés aussi étroitement qu'un jeune couple, quitter le restaurant de l'hôtel, elle réprime un bâillement et s'empresse de se redresser derrière le comptoir. Ils traversent le grand hall en gloussant, sans lui prêter la moindre attention. Léon sort de la poche de son manteau une petite flasque argentée, et Madeleine secoue la tête en lançant qu'il n'est absolument pas une fréquentation recommandable. Lorsqu'ils passent devant elle, ils lui lancent de concert un « Bonne soirée, mademoiselle ! » enjoué, et la jeune femme songe qu'ils ont de la chance, d'être encore aussi amoureux à leur âge. Elle les regarde sortir de l'hôtel, toujours en pouffant de rire, visiblement un peu éméchés. Elle pense à Diego, qui ne lui a donné aucune nouvelle depuis près d'une semaine, et au fait qu'elle s'empêche de lui envoyer un message pour ne pas paraître insistante. Soudain, elle donnerait cher pour être à la place de cette vieille dame ; pour, elle aussi, avoir quelqu'un sur qui compter, quelqu'un avec qui tout partager, quelqu'un qui effacerait le mot « solitude » de son vocabulaire et lui ferait même oublier qu'il a un jour existé…

Ces deux-là ont l'air si heureux. Si jeunes, en un sens, à s'esclaffer comme des adolescents qui auraient dérobé une bouteille d'alcool à leurs parents… Contrairement à elle, ils ne se coucheront pas seuls, cette nuit. Ils ne dormiront pas dans des draps froids, n'auront pas besoin d'un oreiller à serrer contre eux pour se donner l'illusion d'une présence.

La jeune femme soupire. Plus qu'un quart d'heure avant que son collègue ne vienne la remplacer. Peut-être bien qu'elle enverra un texto à Diego avant de s'endormir, tout compte fait.

Peut-être bien.

Léon et Madeleine progressent doucement dans l'épaisse couche de neige qui crisse sous leurs pas. Il ne s'agirait pas que l'un d'eux fasse une mauvaise chute. Le silence est si dense qu'on dirait qu'il a tout submergé, tout étouffé. Un calme impressionnant règne en maître autour d'eux, un calme inédit pour les citadins qu'ils ont toujours été.

Madeleine se laisse guider par son mari, fascinée par la manière dont ses pieds s'enfoncent dans la neige. Un instant, elle regrette qu'ils ne se soient pas accordés avant le luxe d'aller à la montagne, mais, après tout, ce qu'ils ne connaissaient pas ne pouvait leur faire défaut…

À présent qu'il n'y a plus de petits projecteurs sur le chemin qui contourne l'hôtel, Léon, lui, plisse les yeux pour distinguer là où ils mettent leurs pieds. Il sait que Madeleine ne se préoccupe pas de ce genre de détails pragmatiques ; elle se contente de faire confiance à son époux, lui qui n'a jamais cessé de la protéger.

— Au fait, tu ne m'as rien raconté du roman que tu lis, chuchote-t-il sans cesser de marcher.

Le silence est si profond qu'il s'est senti obligé de parler tout bas, comme s'il risquait de troubler quelque chose de sacré.

— C'est l'histoire d'un homme qui se fait violemment agresser dans la rue parce qu'il a voulu prendre la défense d'une jeune femme, commence Madeleine, qui n'a jamais eu besoin de se faire prier pour partager ses lectures. Lorsqu'il reprend connaissance, il se trouve à l'hôpital et ne sait plus du tout qui il est : il est complètement amnésique, et aucun médecin n'est capable de dire si la mémoire va lui revenir !

— Mmm, c'est très gai, commente Léon.

— Dès qu'il se réveille, sa femme vient à son chevet, mais, évidemment, il ne la reconnaît pas. Alors, chaque jour, elle va lui raconter leur histoire dans l'espoir qu'il finisse par se souvenir d'elle…

— Et ça fonctionne ? questionne Léon, intrigué malgré lui.

— Je ne peux pas te le dire, puisque je n'ai pas terminé le roman…, déclare Madeleine en haussant les épaules. On peut donc imaginer ce qu'on veut. Moi, j'aime à croire qu'elle va parvenir à lui rafraîchir la mémoire, ou alors qu'il restera amnésique, mais qu'il retombera amoureux d'elle comme au tout début… Parce que, franchement, que pourrait-il y avoir de plus terrible que d'oublier la personne qu'on aime ?

Léon se fait pensif. Puis il s'immobilise devant un immense sapin qui paraît rester stoïque malgré le poids de la neige sur ses branches.

— Se retrouver sans elle ? murmure-t-il en sortant sa flasque de sa poche.

Madeleine hoche la tête, sourit doucement avant de se blottir entre ses bras.

Ils demeurent un moment ainsi, sans plus rien dire. Il sent qu'elle grelotte déjà de froid, et il lui frictionne le dos, même s'il est conscient de la futilité de son geste.

— Ici, c'est bien ? demande-t-elle en regardant autour d'elle.

— Ici, c'est bien, confirme-t-il à voix basse.

Elle lui prend la flasque des mains, ils échangent un sourire un peu espiègle. Elle avale une rasade de whisky tourbé, un alcool fort qu'elle n'a jamais apprécié, mais qui a le mérite de la réchauffer de l'intérieur. Une coulée de feu liquide qui vient embraser ses entrailles. Léon l'imite avant de s'asseoir dans la neige.

Tous deux s'allongent ensemble sans un bruit.

La semaine dernière encore, Nicole a appelé à la maison. Elle a parlé de la pluie et du beau temps avec Madeleine, avant de demander à parler à Léon. « Papa, combien de temps allez-vous faire l'autruche ? Tu sais que ça ne pourra pas durer encore des mois, que son état va se dégrader, que tu ne pourras pas veiller sur elle indéfiniment, que ça ne suffira plus… Est-ce qu'au moins vous avez jeté un coup d'œil aux documents que je vous ai envoyés ? » Assise à côté de lui, Madeleine lui a adressé une des grimaces dont elle a toujours eu le secret aux moments les plus improbables, et Léon a mis la main devant sa bouche pour se retenir de pouffer de rire. Il a promis à Nicole qu'ils allaient réfléchir très sérieusement, puis il a raccroché. « Ça n'aurait servi à rien de lui dire, pas vrai ? » a demandé Madeleine, de nouveau sérieuse. « À rien », a confirmé Léon en passant le bras autour de ses épaules.

— Vingt-cinq mille nuits, c'est vertigineux…, murmure Madeleine, les cheveux déjà recouverts de givre étincelant. On aurait pu n'en avoir que mille et une…

Léon sourit dans l'obscurité. Jamais de leur vie ils n'ont encore admiré un ciel comme celui qui se déploie au-dessus d'eux, constellé d'innombrables étoiles qui scintillent paisiblement.

— Qu'as-tu écrit, déjà, sur les cartes postales ? questionne-t-il sans bouger.

Madeleine est recroquevillée contre lui, sa main glissée dans la sienne. Chaque fois que Léon expire, un faisceau de vapeur translucide vient troubler les ténèbres.

— Il n'y avait pas de place pour de longs discours ou d'explications détaillées, chuchote Madeleine. Je n'ai inscrit qu'une seule phrase…

Elle prononce les mots tout doucement, comme s'ils avaient du mal à quitter la chaleur de sa gorge pour rejoindre le ciel glacial.

Léon répète ses paroles plusieurs fois, jusqu'à avoir l'impression que les syllabes se vident de leur substance et prennent leur envol.

— C'est bien résumé, approuve-t-il après plusieurs minutes de silence. Tu as toujours su trouver les mots justes.

Madeleine a déjà fermé les yeux, et la voix de Léon lui provient de trop loin pour qu'elle soit tout à fait sûre de ne pas l'imaginer. Ses lèvres sont si engourdies qu'il lui semblerait impossible de dire quoi que ce soit, de toute manière. Léon, de son côté, sent une torpeur diffuse s'imprégner en lui, comme une éponge qui se gorgerait d'eau et deviendrait lourde, très lourde.

Tout est exactement comme ce devrait être.

Madeleine a raison. Elle a écrit ce qu'il fallait et peu importe, après tout, qu'ils soient compris. Peu importe.

« La seule chose qui compte à présent, c'est de partir en beauté. »

Le premier jour du reste de ma mère

Emmanuelle Artero

Je m'appelle Arthur, j'ai trente ans, et je vais perdre ma mère.

Depuis ce matin, je sais. Je sais que c'est la fin, sa fin, que son chemin s'arrête là, qu'elle s'apprête à nous quitter. Je l'ai senti avant même de lire le message sur mon téléphone. Ce long message envoyé par la seule personne sur cette terre qui l'aime autant que moi, sans doute même plus que moi.

Ce matin, j'ai vu apparaître ces mots que je redoutais tant :

« Ta mère va mourir, Arthur, viens vite, elle veut te voir, te dire qu'elle t'aime, une dernière fois. Tu sais, à part toi, elle aimait Pablo Neruda, Freddy Mercury et puis moi. Elle aimait la lumière qui décline sur la plage, s'y endormir et plonger ses mains dans le sable. Elle aimait les fruits qui débordent de soleil et de sucre. Elle aimait les grandes tables qu'on installe sous les arbres ; tu te souviens de nos vacances tous les trois, l'été dans le Sud ? Elles étaient si précieuses à ses yeux. Elle savourait les discussions qui s'éternisent et qui accompagnent le chant des cigales. Elle aimait les bruits de la ville, la nuit, au loin. Souvent, nous ouvrions la fenêtre, juste comme ça, pour écouter le monde s'endormir. Elle aimait chanter dans sa voiture et faire rire les passants. Elle était drôle, ta mère, hein, tu le sais ça, mon Arthur ? Elle aimait le rire des vieillards et les parfums d'enfants. Elle aimait la mer comme on aime un parent. Mais par-dessus tout, elle aimait être amoureuse de l'amour. Elle nous aimait éperdument. Et moi, je n'aimais qu'elle… Je ne sais pas comment je vais pouvoir vivre sans elle… »

Je n'ai pas pu continuer la lecture de ce message sans pleurer. C'était tellement elle. J'ai suffoqué.

Ma mère allait mourir, et il était inconcevable qu'elle le fasse sans moi.

Alors j'ai couru vers elle, lui dire je t'aime, une dernière fois.

On dit souvent qu'au moment de mourir, on voit sa vie défiler devant ses yeux. J'ai l'impression qu'il se passe la même chose quand on perd quelqu'un qu'on a tant aimé. Alors que j'enchaîne péniblement les pas qui me rapprochent de sa mort, je refais mentalement le chemin inverse. Celui de nos quinze dernières années, de ses quinze dernières années. Sans aucun doute ses plus belles.

Il y a quinze ans, j'avais quinze ans. Il y a quinze ans, ma mère a rencontré l'amour fou. Elle est tombée comme on s'envole.

Enfant, on n'imagine pas une seconde qu'une mère puisse tomber amoureuse. Surtout lorsqu'elle est supposée déjà l'être de son mari, en l'occurrence mon père. Non, à quinze ans, on croit que sa mère est là pour nous faire un bisou le matin et le soir, pour nous donner un Doliprane quand on a mal à la tête, pour nous emmener au lycée quand on a loupé le bus. Un peu comme un arrière-plan, une décoration à laquelle on s'attache. On imagine qu'elle sera toujours là en cas de besoin, mais on cherche rarement à savoir quels sont les siens, ce dont elle rêve vraiment.

Alors que je cours pour l'embrasser une dernière fois, je ne peux m'empêcher de me remémorer cet été où tout a changé.

Car à l'âge où l'on cherche à rencontrer ses pairs, moi, j'ai rencontré ma mère.

C'était l'été de mes quinze ans. J'emmerde ceux qui pensent qu'il s'agit du plus beau de tous.

Pour moi, c'est celui où tout a basculé. Celui où elle est partie. À quinze ans, on voit sa mère qui s'en va, pas la femme qui renaît.

Elle rêvait de soleil, de mer, de paix, mon père avait réservé une croisière. Pour la paix, on repassera, mais la mer, elle, était bien là, et ma mère en apparence comblée.

Je nous revois tous les trois monter à bord de ce titan des mers, cette arche contemporaine où les seuls animaux embarqués étaient servis au dîner.

Je me souviens de mon père fier de nous offrir ce voyage de luxe. Il avait économisé des mois pour cette minuscule chambre flottante. Je sens ma mère enchantée d'être en vacances avec les siens, peu importe l'endroit.

Je m'imagine moi, boudeur, à la traîne, comme on peut l'être adolescent, mais enjoué sans le dire de cette nouveauté, de cette expérience. J'étais alors bien loin du compte. J'allais vivre une expérience, certes, mais à retardement, et pas celle à laquelle je m'attendais.

Une fois les valises déposées dans la chambre, nous avions rejoint le pont pour un exercice de sécurité. Gilets de sauvetage en *dress code*, nous riions de bon cœur de devoir nous plier à un tel rituel, sans vraiment en comprendre l'utilité. Nous avions déjà tous assisté au moins une fois au naufrage de Léonardo DiCaprio dans *Titanic*. Si Léo ne s'en était pas sorti, pourquoi y arriverions-nous ?

J'ai souvent tenté de me souvenir de ce moment précis, du début du chemin, du début de la fin. En vain. Enfin si, je me revois chercher d'autres ados dans la foule de gilets orange, des filles plus particulièrement. À cet âge, c'était ce qui me préoccupait le plus. Davantage en tout cas que les éventuels problèmes de couple de mes parents. J'entends le rire cristallin de ma mère, mon père jouer bruyamment avec le sifflet du gilet. Je visualise beaucoup de monde autour de nous, mais personne en particulier. Je ne me souviens pas d'avoir aperçu mes parents parler à qui que ce soit ce jour-là. Je ne me rappelle pas s'ils étaient en froid, distants ou en colère. J'ai juste en moi le souvenir heureux d'un départ en vacances en famille. Si j'avais su alors qu'il s'agissait du dernier, peut-être aurais-je tenté de tout graver dans ma mémoire, chaque instant ; mais on ne pense pas à cela quand on a quinze ans. Non, mes pensées étaient beaucoup plus futiles. La température de l'eau de la piscine, le nombre de toboggans, la salle des jeux vidéo, la liberté que mes parents avaient promis de me laisser.

C'est sans doute pourquoi je n'ai pas vu la vague arriver…

Nous étions convenus de partager au moins deux repas par jour. Le petit-déjeuner et le dîner. Je n'avais jamais rien connu de tel. Je me délectais de cette liberté temporaire. Je quittais mes parents dès le dernier croissant avalé, et je courais rejoindre mes compagnons d'aventure dans la piscine, sans même me soucier de ces fameuses heures qu'il faut se laisser pour digérer.

Je ne crois pas avoir une seule fois demandé à mes parents ce qu'ils allaient faire de leur journée. Je les imaginais peut-être enlacés, le nez dans les embruns, ou main dans la main sur la terre ferme lors des escales en mode mouton que je fuyais comme un idiot.

Cela m'était égal en fait ; l'égoïsme de l'âge, j'imagine… Ils pouvaient bien faire ce qu'ils voulaient tant qu'ils ne m'empêchaient pas de m'amuser !

Un soir, alors que je devais les retrouver pour prendre l'apéritif, ils étaient arrivés non pas tous les deux, mais à quatre. Un couple les accompagnait. Ensemble, ils riaient. Ils s'étaient installés autour d'une table et avaient passé commande au serveur. Mon père m'avait alors fait signe de rester avec mes amis, proposant ainsi tacitement de prolonger ma journée de fête.

Paradoxalement un peu vexé de ne pas être convié à leur table, je les observais de loin. Les voleurs de parents. Lui, je l'ai détesté au premier regard. Je ne sais pas pourquoi. Encore aujourd'hui, je ne me l'explique pas. Il était tout ce que mon père n'était pas. Et en y réfléchissant un peu, tout ce que je suis devenu aujourd'hui. Grand, athlétique, sûr de lui. Elle, je l'ai à peine regardée tant son mari prenait de place.

Et puis, j'ai vu ma mère. Elle semblait tellement heureuse. Elle riait si fort, elle était superbe dans cette lumière. Non, elle était la lumière.

Je l'avais rarement vue ainsi. Si femme.

Ce fut comme un choc pour moi de constater que ma mère, celle qui rangeait mon linge et me faisait des gâteaux, était aussi une femme. Oui, au milieu des autres, elle existait.

Le lendemain soir, on me les présenta. Le beau gosse, c'était Jérôme. Sa femme, Émilie. Ils étaient plutôt sympa finalement, ce que j'avais ressenti de négatif devait être une forme de jalousie. Ils étaient agréables, accessibles et semblaient très bien s'entendre avec mes parents, si bien qu'ils ne se quittaient plus. Ce soir-là et les suivants, ils décidèrent de tout faire ensemble. Les excursions, les apéros, les dîners. Ils allaient même danser jusque tard dans la nuit. Enfin, ma mère dansait avec ses nouveaux amis ; mon père, lui, l'admirait.

Et moi, pendant ce temps, j'avais quartier libre. Je n'aurais pu rêver mieux. Les meilleures vacances de ma vie.

Si j'étais resté près d'eux, peut-être aurais-je aperçu leurs mains se frôler, leurs regards se dévorer ; si j'étais resté avec eux, peut-être aurais-je été témoin de leurs pieds qui se cherchaient sous la table. Mais je n'ai rien vu, rien compris de ce qui était pourtant en train de se jouer sous mes yeux.

Ce fut le jour du départ que les choses se compliquèrent vraiment. J'avais rarement vu ma mère pleurer, à part au cinéma quelquefois, mais en tout cas jamais autant. Elle était inconsolable.

Mon père avait eu beau la prendre dans ses bras, lui promettre que bientôt, ils repartiraient en vacances, rien n'y avait fait. Au moment de débarquer, de larmes elle s'était noyée.

Et puis nous étions rentrés à Paris, et c'était comme si le cœur de ma mère s'était éteint. Son corps était là, mais son âme avait fui. Son horloge interne s'était arrêtée à l'heure d'été. Elle ne se levait plus le matin pour m'embrasser, et lorsque je rentrais le soir du lycée, elle n'était toujours pas douchée. Il m'arrivait même parfois de la forcer à le faire. Elle picorait plus qu'elle ne se nourrissait et ne préparait plus rien. C'était moi qui cuisinais comme pour la protéger instinctivement des questions de mon père. Lui semblait ne se rendre compte de rien. Fallait-il être aveugle. Comment ne pas voir que le soleil ne brille plus ?

Elle ne marchait plus, elle se traînait. Elle ne parlait plus, elle murmurait. Elle n'existait plus, elle lévitait.

Je ne savais rien du mal qui la rongeait. Comment aurais-je pu imaginer ce qui la dévorait ?

Je savais juste que ma mère, jusque-là si aimante, si présente, avait fui le cours de nos vies.

Elle semblait s'enfermer peu à peu dans la brume d'un film de Tim Burton, elle ne s'intéressa bientôt plus du tout à ce qu'il se passait à l'extérieur de notre appartement. La musique et la lecture, autrefois si importantes à ses yeux, avaient elles aussi déserté les lieux. Seuls survivants de ce carnage affectif, un recueil de poèmes d'amour de Pablo Neruda et une chanson de Queen. Une seule. « Love of My Life ». Elle l'écoutait en boucle. Ça aurait quand même dû me mettre la puce à l'oreille, j'avais fait anglais LV1. Mais non. À l'instar de mon père, je ne voulais pas voir qu'elle nous avait déjà quittés. Je ne supportais juste plus d'entendre cette chanson, les premières notes de piano et cette putain de harpe. J'avais envie de hurler. Je ne reconnaissais plus ma mère, les jérémiades de Freddy Mercury avaient emporté ses rires, c'était insoutenable.

Un jour, à bout de nerfs, et pour ne pas envoyer valser son enceinte, je pris mon courage à deux mains et je lui demandai ce qu'il se passait, pourquoi elle était ainsi, ce qu'elle traversait. Je lui dis qu'elle pouvait me parler de tout, que j'étais là pour elle, que je serais toujours là pour elle.

Ce fut alors qu'elle tenta de dompter d'une main ses cheveux en bataille et qu'elle me regarda comme jamais elle ne l'avait fait. Elle voyait en moi une personne, un individu, presque un adulte. J'avais cessé un instant d'être son fils. Elle chercha ses mots, se racla cette gorge en manque d'exercice et me questionna :

— Tu crois qu'on peut mourir d'amour ? me dit-elle le plus simplement du monde.

Passé la stupéfaction qu'avait déclenchée en moi cette question, je réussis à articuler timidement :

— Je n'en sais rien, Maman !

Et je n'en savais vraiment rien. Que connaît-on de l'amour à quinze ans ? Qu'aurais-je pu lui répondre d'autre ? Je ne savais même pas de quoi ou de qui elle parlait. Je n'avais pas détecté de quelconque crise entre mon père et elle. Pas de dispute particulière. Et puisqu'il semblait aveugle, j'avais même été obligé de lui dire que je m'inquiétais pour elle. Il m'avait rassuré, me disant qu'elle s'ennuyait depuis qu'elle était au chômage et qu'elle manquait d'amies, tout simplement. Cela m'avait tranquillisé un temps, mais tout avait volé en éclats avec cette question.

Peut-on mourir d'amour ? Saurai-je y répondre un jour ? Je n'en suis pas certain. Tout ce que je peux dire, c'est que j'ai vu ma mère sombrer d'amour, éteindre une à une toutes les lueurs que je lui connaissais, et puis tomber.

Cela faisait près de deux mois que nous étions rentrés de croisière, deux mois donc que ma mère se noyait peu à peu, elle crevait d'amour. Depuis que j'avais alerté mon père sur son état, je constatais ses tentatives pour la sortir de sa léthargie, tentatives toutes plus vaines les unes que les autres.

Jusqu'à ce fameux soir.

Papa était rentré un peu plus tôt que d'habitude, enjoué. Il m'avait demandé de l'aider à faire une belle table pour cinq sur un ton de conspiration, puis il avait mis de la musique douce et attrapé quatre coupes de champagne. Je lui avais fait remarquer que s'il voulait réserver une surprise à maman, il fallait au moins lui dire de se lever et de se préparer, il s'était empressé de l'appeler.

Nous l'avions alors vue débarquer dans le salon, hirsute, agacée. Elle avait constaté la table dressée, les coupes sorties, et avait compris que quelque chose d'inhabituel se tramait. Elle avait lourdement insisté pour que papa lui révèle le nom de nos invités du soir. Il avait fini par lâcher la nouvelle comme on offre des fleurs :

— J'ai invité Jérôme et Émilie.

Ma mère était soudain devenue livide. C'était une bombe qu'elle avait reçue, pas des fleurs. Il avait poursuivi :

— Tu sais, les gens de la croisière ! J'avais gardé le numéro de téléphone de Jérôme, j'ai pensé que tu serais contente de revoir tes amis de vacances !

Et l'impensable s'était produit.

Ma mère s'était évanouie.

Comme dans une vidéo au ralenti, je l'avais vue tomber la tête la première sur les coupes, puis heurter le coin de la table, et l'avais regardée, impuissant, atterrir sur la moquette, en sang.

Tout s'était enchaîné très vite, j'ai le souvenir d'un tourbillon.

Ma mère se redressant, ordonnant à mon père de décommander les invités, refusant d'appeler les pompiers pour sa plaie au front, hurlant comme une furie qu'elle n'en pouvait plus de cette vie. Le sang qui ruisselait sur ses joues emportait avec lui les larmes qu'elle contenait en silence. Le choc reçu à la tête avait fait fuir l'intruse qui habitait son corps depuis notre retour de vacances.

J'étais partagé entre le bonheur de retrouver enfin le dynamisme de ma mère, et la peur de la voir ainsi perdre la raison.

Elle m'avait alors demandé de les laisser et d'aller dans ma chambre. Je ne comprenais pas ce qu'il se passait. Mon père semblait aussi abasourdi que moi. Je m'étais exécuté. J'avais mis de la musique pour couvrir leur conversation et leur laisser cette intimité rare en appartement. Mais leurs voix étaient plus fortes que celle de Chris Martin, et alors qu'il chantait « Viva la vida », j'entendais celle de ma famille partir en lambeaux. J'entendais ce qu'aucun enfant au monde ne devrait entendre dans la bouche de ses parents. *Je ne t'aime plus, tu n'y peux rien, c'est comme ça, je n'ai rien cherché, c'est arrivé par surprise, je ne peux plus lutter, ça me brûle de l'intérieur, je l'aime, jamais je n'ai ressenti cela, j'ai essayé de m'interdire de l'aimer, mais c'est impossible, si je reste, je vais en crever.* Et les mots, sanglants, inhabituels dans la bouche de mon père, des mots si difficiles à entendre quand on aime :

— Tu ne vas tout de même pas me quitter pour cette merde ?

Ce fut la goutte d'eau. Le point de non-retour. Touchée, coulée.

Les minutes de silence qui avaient suivi m'avaient semblé interminables, j'ai su plus tard qu'elle avait fait ses valises. Elle avait frappé à ma porte, je lui avais ouvert et m'étais jeté dans ses bras. Ma mère était blessée, mais combative, je l'avais enfin retrouvée. Elle m'avait demandé de ne pas m'inquiéter, m'avait dit qu'elle m'aimait et qu'elle viendrait bientôt me chercher. C'était allé si vite que je n'avais trouvé aucun mot valable. Elle était passée devant mon père avec sa valise, avait attrapé son manteau abandonné depuis des semaines.

Brisé, il lui avait alors lancé un assassin :

— Si tu franchis cette porte, ne reviens pas.

Elle n'est jamais reparue.

Ce fut le premier jour du reste de ma mère.

Les semaines qui suivirent furent compliquées pour nous tous. Je voyais bien mon père sombrer dans le chagrin de l'avoir perdue. Je commençais à avoir de l'entraînement pour remonter le moral des troupes, alors je l'ai aidé à réorganiser peu à peu notre existence sans elle. Le plus difficile, c'était évidemment pour lui ; moi, je savais que j'allais revivre avec elle, ce n'était qu'une question de temps. Je l'avais tous les jours au téléphone. Elle me racontait sa nouvelle vie, combien elle était heureuse, amoureuse, et elle me disait son impatience de trouver un logement digne de ce nom pour qu'enfin je les rejoigne. C'était un peu difficile à entendre pour moi ; je ne l'avais connue en couple qu'avec mon père, j'avais donc beaucoup de mal à l'imaginer avec quelqu'un d'autre. Mais je la retrouvais, au son de sa voix, je la savais heureuse, et cela comptait plus que tout pour moi. Je réalisai alors à quel point j'aimais ma mère et combien j'avais eu peur de la perdre, j'avais grandi d'un coup.

Les mois passèrent et la sérénité revint dans le cœur de mon père. Il avait fini par accepter ce contre quoi il ne pouvait lutter, et réussissait désormais à parler de ma mère sans s'emporter. Je pense même qu'il ne souhaitait sincèrement que son bien. Du moins, c'était ce qu'il me montrait avec intelligence. À part cet épisode de rupture, jamais je n'avais vu mes parents se disputer devant moi. Elle ne l'avait pas quitté à cause de lui, mais pour quelqu'un d'autre, il avait fini par l'admettre. Je crois même qu'il se liait d'amitié avec Jérôme et que, de temps en temps, ils déjeunaient ensemble.

Quant à moi, j'ai fini par aller habiter avec ma mère, pour mon plus grand plaisir.

Et là, j'ai vu ce qu'était l'amour.

Jusqu'à mes quinze ans, j'avais vécu avec un couple amoureux, parfois complice, en quelque sorte serein. Les cinq années qui suivirent, je vécus avec un couple en symbiose totale, un couple où le mot « complicité » est un euphémisme. Une relation privilégiée où tout est facile, quand seul le regard suffit, quand c'est le cœur qui parle.

Au départ, il me fut très difficile d'accepter que ma mère aime quelqu'un d'autre que mon père, mais j'avais appris à l'aimer, moi aussi. Et aimé, je l'étais en retour, choyé comme si j'avais été son propre fils. J'ai vécu cinq ans d'un bonheur sans faille, d'un équilibre que je n'avais même pas osé espérer. Selon l'expression consacrée, mon père a fini par refaire sa vie, je n'ai jamais vraiment compris ce que cela voulait dire d'ailleurs. Disons qu'il a rencontré une femme à son goût dont il est tombé amoureux, et nous avons expérimenté tous ensemble les joies et les peines d'une famille recomposée. Un week-end chez les uns, un week-end chez les autres.

Jusqu'à mon propre envol, il y a dix ans maintenant. De tout ça, j'ai décidé de ne garder que l'amour, pour pouvoir mieux aimer à mon tour.

Je me suis construit dans leur sillon, j'ai joué avec leurs casseroles à tous, et, contre toute attente, je suis devenu un homme heureux.

Toutes ces années me reviennent en mémoire aujourd'hui en courant la retrouver, alors même que je vais la perdre. J'ai tellement de choses à lui dire avant qu'elle ne parte, que je l'aime bien sûr, ça, elle le sait, pour lui avoir répété cent fois. Ce que je voudrais surtout qu'elle sache avant de mourir, c'est combien je suis reconnaissant d'avoir été le témoin de tant d'amour, combien tout ceci a fait de moi l'homme que je suis aujourd'hui, si fort et si fragile à la fois. Je ne peux la laisser partir sans lui dire à quel point je suis fier d'elle, de ses choix, d'avoir toujours suivi son cœur. De m'avoir montré comment se battre pour la personne qu'on aime.

Que l'amour fou existe et qu'il nous sauve de tout.

J'arrive essoufflé devant la porte de leur maison, le chemin parsemé de souvenirs m'a paru une éternité.

Je suis sur le seuil, incapable de frapper, comme lorsque j'étais arrivé la première fois, tout timide, la peur au ventre de les déranger.

Aujourd'hui, je crains d'arriver trop tard, de ne pas pouvoir entendre une dernière fois le son de la voix de ma mère.

Après un temps d'hésitation sans doute trop long, ma main se décide enfin à toquer.

La porte s'ouvre.

De la même manière qu'il y a quinze ans, ce n'est pas ma mère qui vient ouvrir, mais l'amour de sa vie.

Je cherche et trouve dans ses yeux devenus familiers le signe qui me confirme que ma mère est toujours là, vivante. Je repense à la fin de son message de ce matin :

« … Mais par-dessus tout, elle aimait être amoureuse de l'amour. Elle nous aimait éperdument. Et moi, je n'aimais qu'elle. Je ne sais pas comment je vais pouvoir vivre sans elle. »

Je l'embrasse si fort que je l'étouffe.

— Bonjour, mon Arthur, viens vite, ta mère t'attend.

— Bonjour, Émilie.

I louve you

Jacques-Olivier Bosco

1

Il y a bien longtemps, les autres loups m'ont mise à l'écart avec les vieux, les femelles qui ne peuvent avoir de louveteaux, ceux qui n'ont que trois pattes, les galeux et les mourants. Nous devons rester près de cette grotte, dans le coin le plus haut de la forêt. Ils nous apportent de la nourriture, même si certains d'entre nous essayent de chasser et de pêcher de leur côté. Un ancien m'a indiqué que cela faisait presque treize neiges que je vivais dans la forêt, et que j'avais quitté ma mère louve huit neiges plus tôt pour me retrouver dans cette grotte.

Je souffre de la solitude et du manque des miens, de ma sœur adorée, Blanche, qui, je le sais, est devenue chef de meute. Ainsi que de ma mère louve, même si elle m'a rejetée. Je n'ai pas seulement été plus ou moins bannie, on m'a séparée de ma mère alors que mon corps semblait y être soudé pour encore de nombreux hivers.

J'ai froid à l'intérieur de moi et, souvent, mes yeux pleurent comme lorsque le pollen nous brûle le museau. Je ressens comme une faim dans mon cœur, une douleur, mais je suis une louve, fille de Maraé, sœur de Blanche la combattante, je dois me battre et trouver ma place dans ce monde ; auprès de mes frères et sœurs de meute… même si cela me paraît illusoire et vain, comme un rêve dont on ne connaît jamais la fin, parce qu'à chaque aube, un réveil humide et nauséeux nous en expulse.

Je me suis liée avec un jeune Trois-pattes, il m'a montré le piège qui lui a brisé l'os, l'un de ceux posés par les hommes de fer. Il a dû s'arracher lui-même les tendons et les muscles avec ses crocs afin de pouvoir s'échapper.

Il y a un autre Loup de Peau, comme moi. Il est plus âgé, fort et hargneux, il a voulu imposer sa loi sur notre troupe, notamment en essayant d'avoir les meilleurs morceaux de viande que nous rapportent nos frères loups. J'ai tout de suite compris que l'esprit de groupe peut vaincre la force et, avec Trois-pattes et ceux qui sont encore vigoureux, en l'encerclant et en le mordant par-derrière et devant, nous arrivons à prendre notre part.

Ce Loup de Peau ne m'aime pas, parce que je lui ressemble.

Mais ce n'est pas à cause de notre fourrure mal pourvue que nous sommes mis à l'écart, c'est pour nous protéger. Nous n'arrivons pas à chasser, à nous battre, à mordre et à déchirer avec nos crocs. Nos mâchoires de loups sont plus petites et moins puissantes que celles de nos frères. Pire encore, nous sommes incapables de tuer des hommes de fer. Ceux que nous chassons et qui nous chassent avec leurs pointes de bois et leur grande dent de métal.

L'autre Loup de Peau, que je nomme Haine, a pris le meilleur coin de la grotte, et avec Trois-pattes, nous nous blottissons dans des tapis de feuilles, sous des fourrures de loups morts, comme nos ancêtres nous ont appris à le faire. Et lorsque le gel fige les flaques et que le givre argente les feuilles au lever du jour, l'autre Loup de Peau et moi-même, nous recouvrons de fourrures supplémentaires, que je colle sous mon flanc en serrant avec mes dents. Dès le plus jeune âge, nos mères nous ont montré comment entourer nos pattes de bandes de peau afin de cacher leurs difformités (notamment celles de devant qui ont de grandes griffes de chair nue) et surtout, comment courir comme les autres dans la forêt sans nous blesser.

Je me rends compte que, tout comme moi, Haine ne se satisfait pas de cette vie de paria. Il tourne, cherche, provoque nos frères loups, pour se faire mettre à terre, les crocs plantés dans la gorge. Une fois, alors qu'il se battait, l'une de ses pattes a frotté le sol pour soulever une pierre et la faire voler vers le ciel. Il a recommencé plusieurs fois, réussissant à toucher son adversaire au museau ; finalement, il a quand même perdu le combat.

Intriguée, j'ai essayé de faire la même chose, et sans le faire exprès, j'ai blessé Trois-pattes. Je lui ai montré mon désarroi en léchant sa plaie, puis nous avons joué dans la rivière. À présent, j'essaye de jeter toute chose, parfois même, j'arrive à coincer la pierre dans ma patte sans qu'elle tombe. Je me demande comment Haine a appris à faire cela. Un matin, dès l'aube levée, je décide de le suivre.

Il se rend au bord du grand fleuve derrière lequel vivent les hommes tueurs de loups. Il a repéré un endroit où le cours d'eau rétrécit, et il se juche sur un arbre pour rester de longues heures à regarder de l'autre côté, comme passionné. J'ai observé, intriguée, la manière dont il s'y prend pour escalader les branches. C'est la toute première fois que je vois un loup faire cela. J'attends la fin de la journée, qu'il s'en aille, pour grimper de la même façon, et je découvre ce qu'il observait avec tant d'intensité : la vie des hommes.

De là où je me trouve, je peux voir l'intérieur d'une ferme. Et, en plissant les yeux, m'apparaît un de ces hommes-enfants, il ramasse une pierre et la jette vers un chien. À mon tour, je me prends de passion pour ce qu'ils font, notamment lorsque le plus fort d'entre eux va et vient avec une grande dent pointue dans sa patte, attrape un poulet et lui tranche la gorge, comme le font nos frères Loups avec leurs mâchoires.

Il fait froid au bord du fleuve, pourtant, je ne peux m'empêcher de revenir sur cette branche. Il y a quelque chose d'effrayant et de fascinant chez ces êtres qui se tiennent sur leurs pattes antérieures sans tomber, même si je trouve qu'il est dangereux de s'exposer ainsi, et surtout, que ce n'est pas du tout en adéquation avec la vie dans la forêt.

Un jour, un de ces hommes au bord du fleuve m'aperçoit alors que je redescends sur la rive. Je vois nettement son visage stupéfait, il pousse des cris, comme pour m'appeler. Terrorisée, je me fonds dans les sous-bois et décide de ne jamais retourner sur cet arbre.

2

L'hiver est encore loin, nous sommes à la saison des pluies et j'ai du mal à le supporter. Je ne peux m'empêcher d'aller rôder près de notre ancienne tanière. Ma mère a eu des nouveau-nés et, cachée derrière des feuilles humides alors qu'un crachin froid recouvre la forêt, je les observe et les envie. Que ne donnerais-je pour pouvoir me pelotonner contre son flanc ?

J'ai froid, je ne suis plus un louveteau, pourtant je ne me sens pas encore complètement louve. Quelque chose manque dans mon cœur, et cela me rend triste… triste et furieuse. Parfois, je songe à me jeter dans le grand fleuve et à en finir. J'ai tant de douleurs, mes yeux se mouillent, ma gorge se serre à me faire suffoquer, mais les loups n'ont pas le droit de se supprimer. Il faut que je réagisse, que je me batte. Sauf que je ne vois pas le chemin à prendre, et mon manque ne fait que croître et me meurtrir.

Un matin, nous sommes près d'une grande flaque à tenter d'attraper des grenouilles avec Trois-pattes quand une cavalcade attire notre attention. De jeunes loups jouent sur les sentiers, à quelques mètres au-dessus de nous. Je sais que certaines louves sont en période d'amour, même si je ne comprends pas trop de ce dont il s'agit. D'un geste du museau, j'invite Trois-pattes à venir espionner avec moi.

Nous nous faufilons entre les buissons, suivant le bruit des branches qui cassent, des cailloux qui roulent et des jappements furieux. Je ressens une certaine violence dans ces jeux, ce n'est pas normal. Nous les voyons enfin : un jeune loup brun saigne du flanc, il a réussi à coincer une femelle de son âge et grogne en tentant de l'attaquer.

Elle est d'un blanc gris de saleté, nous la connaissons de réputation, son nom est Cendre. Une rebelle sur tout un tas de règles de nos clans, mais une terrible combattante que ma sœur Blanche a prise dans sa meute. Son odeur de louve en chaleur emplit l'air, puissante, grisante, celle qui rend fou les mâles à cette époque de l'année, les poussant à se battre et à se mordre afin d'avoir le privilège d'approcher la femelle, et de se soumettre à elle avant de s'accoupler. Mais ce n'est pas ce qu'il se passe.

Au contraire, elle montre les crocs, je vois le sang sur ses gencives, celui du jeune loup enragé. Ce mâle a tenté de la prendre, et elle l'a affronté pour lui dire non. À présent, il cherche à la punir. Il doit faire presque deux fois la taille de Cendre, mais le regard de la louve brille d'une telle colère qu'il hésite.

Plus je la regarde, plus je suis fascinée et enivrée, comme si je venais d'avaler une poignée de ces bourgeons sucrés qui nous font tituber et aboyer comme des chiots. D'un coup, elle perçoit ma présence, et sa gueule pointe vers nous, ses yeux plongent dans les miens. Je me sens devenir toute molle, et elle aussi change d'attitude, comme frappée par un mélange de curiosité et d'intérêt. Le loup en profite pour l'attaquer, j'ai très peur ; l'image de la gorge ouverte de Cendre est apparue dans mon esprit, et je bondis de sous mon buisson pour lui barrer la route. Sa mâchoire s'ouvre sur moi, il frémit à mon odeur, et plonge de côté pour ne pas me blesser, ou se salir, je vois la répulsion froncer son museau.

Cendre se colle à moi pour me protéger et grogne en montrant les crocs. Le loup nous regarde avec dégoût, puis secoue ses babines en faisant voler sa bave avant de rebrousser chemin.

Aussitôt, Cendre se met à me lécher le visage, à me tourner autour, faisant des petits bonds de joie. Je suis intimidée et reste aplatie sur le sol. Je la remercie en frottant mon museau sur sa truffe, je fais signe à Trois-pattes de nous rejoindre, et elle vient le flairer et le bousculer, le mordillant comme le font les jeunes mâles. Trois-pattes semble agacé, et je lui lance un regard de reproche pour le pousser à accepter ses jeux.

Elle revient vers moi de sa démarche virile, je me mets à quatre pattes pour recevoir le bout de sa truffe quand elle s'arrête à une cinquantaine de centimètres et me fixe dans les yeux. Je remarque encore cette folle curiosité à mon encontre puis de l'empathie, je vois ses poils frémir sur son dos, sur ses pattes et sur sa nuque. Moi aussi, j'ai la peau qui devient grumeleuse, la langue sèche. La forêt est immobile, il y a une sorte de musique inaudible, les couleurs comme des sons dans l'air devenu trouble, empli d'une brume douce et chaude. Je sens monter sa joie, elle est forcée de japper, et de ma bouche sort cet aboiement clair et aigu que provoquent parfois les bêtises de Trois-pattes, alors que mon visage se plisse de plaisir. Je m'approche et la serre de mes pattes avant. Elle gigote, d'abord gênée de ce geste incongru, puis engloutit sa gueule sous les longs poils blonds qui tombent de ma tête, entortillant le bout de son museau dedans, humant et me léchant le cou, me faisant fondre de frissons. C'est comme des boules de chaleur qui dévalent dans mes pattes, mon poitrail, qui brûlent mon ventre et comblent mon être, enfin ! Trois-pattes détale, effrayé, ce qui nous sort de notre torpeur. Nous reculons chacune d'un pas, Cendre pousse un long soupir et pivote pour partir telle une flèche dans la forêt.

La nuit venue, je ne cesse de songer à elle, blottie contre Trois-pattes dans notre grotte humide où les puces ne me démangent plus. Les ronflements de nos vieux compagnons m'aident à rester éveillée, afin que je puisse revivre les moments passés avec Cendre. Je commence à avoir mal au ventre tant je suis tendue, je me sens différente, palpitante, vivante, et, pour une fois, pressée que le jour se lève, afin de partir à sa recherche.

3

Je sors de l'abri et me secoue, puis pars en trottinant afin d'aller faire mes besoins. J'ai cette souffrance qui continue de me perforer le ventre. Cela m'est déjà arrivé, alors que j'avais voulu goûter un marcassin à l'état de charogne, mais, cette fois, la douleur est moins nauséeuse, plus ciblée, comme une morsure sous mon estomac. Je me suis mise entre deux rochers, la truffe en alerte. Le vent tourne, et quelque chose d'inquiétant vient de frôler mes naseaux. Je lèche l'intérieur de mes jambes, et grimpe sur un rocher pour humer l'air quand une masse rageuse me bouscule pour me précipiter dans les feuilles mortes. C'est Haine, il me frappe de ses pattes postérieures et me mord la nuque pour me plaquer dans la terre humide. Il est trop lourd et me fait couiner, je sens qu'il essaye de me retourner. Je suis terrifiée et impressionnée par la puissance de ses pattes et la façon dont il s'en sert pour me contraindre. J'ai compris, il veut me prendre, mais sans avoir fait sa danse d'amour et sa soumission.

Cela m'enrage, et je réussis à le griffer au museau. Malheureusement, cela a décuplé sa force, et je suis de plus en plus paralysée ; j'entends son horrible souffle, et ma rage se transforme en désespoir et en peur. Mes yeux se mettent à couler comme lorsque je pense à ma mère louve. Haine va me forcer, et cela me dégoûte. Soudain, il se met à hurler, et son poids s'envole de moi.

Un amas de poils gris et de chair rosâtre se bat à mes côtés. Cendre est venue me sauver, sa mâchoire le serre à la gorge pour l'immobiliser. Elle pourrait le tuer, mais il continue de se débattre et de la frapper, la saisissant de ses griffes de chair. Je me relève, étourdie et tremblante, et quelque chose brûle entre mes cuisses pour dégouliner jusqu'à mes chevilles. Horrifiée, je me rends compte que c'est du sang. Il y a plus urgent : Cendre vient de pousser un glapissement, Haine essaye de lui crever les yeux. Je me jette sur eux, et tape de mon front la face du Loup de Peau, son ridicule (tout comme le mien) petit museau éclate, le faisant tousser et cracher. Cendre peut enfoncer ses crocs plus profondément, l'urine de Haine éclabousse les feuilles, et je pose ma patte sur la tête de mon amie louve, au-dessus de ses yeux brûlants de colère.

Elle se calme et retire son étreinte. La gorge de Haine est marquée des trous de ses quatre canines, le sang dégouline de sa truffe, là où je l'ai frappé. Il se couche sur le ventre, pattes sur la gueule, et couine un long moment, immobile sous les grognements de Cendre. Puis elle se détourne, lui signifiant qu'il peut partir. Il se met à ramper en claudiquant, pour disparaître dans les sous-bois.

Aussitôt, Cendre vient me lécher la face, l'odeur de sang sur ma peau l'alarme, elle fourre sa truffe sous la peau de loup au niveau de mon ventre, donne un coup de langue, et remonte jusqu'à mes yeux d'un air rasséréné. Je ne comprends pas pourquoi je perds ce sang, je ne suis pas blessée. En tout cas, la douleur dans mon ventre est partie. Et puis, je suis si heureuse de voir ma nouvelle amie que j'en oublie l'attaque de Haine et mes problèmes de saignements, je me mets à faire des bonds en jappant autour d'elle, à frotter mon museau dans sa fourrure. J'aimerais voler son odeur, qu'elle se colle sur ma peau et n'en parte jamais. Tant et si bien que la tête me tourne et qu'une grande voile noire s'empare de mon esprit.

Il fait nuit, l'air est frais, et je me réveille heureuse, car l'abri sous le vieux chêne, fait de grandes branches basses et feuillues, est empli de Cendre. Sa fourrure qui empeste sa jeunesse, sa respiration saccadée, son haleine fraîche, rose comme son palais, le frottement de ses griffes, le fouet de sa queue, le mouillé de sa truffe noire.

Elle est allongée près de moi, et relève le museau en me voyant émerger. Son regard est si tendre. Je plonge mes griffes de chair entre ses omoplates et la caresse, la sentant frémir et se détendre. Nous entendons le concert des grenouilles, la scie des criquets, parfois le cri d'un animal nocturne. Toutes les odeurs sont multipliées, sapin à la fois sec et vert, pommes sauvages, mousse légèrement humide, champignons moisis et, quelque part vers l'est, une puissante flagrance de magnolias blancs, comme un air de musique magique. Cendre décide de faire ma toilette, elle commence à me lécher le cou, le poitrail sous ma peau de louve, le ventre, et s'attaque aux taches de sang sur l'intérieur de mes cuisses. Je me tends, crispant mes griffes dans son épaisse nuque. Elle a senti la décharge de plaisir qu'elle vient de provoquer et relève le museau, curieuse, avant d'y retourner. Je me tords comme piquée par des fourmis rouges, la serrant, essayant de la repousser tout en haletant, et elle sort de nouveau la truffe pour grogner. Cela me calme tout en me faisant trembler, elle ne veut pas que je l'arrête. Alors, je la pousse de mes pattes vers mon ventre, et passe les moments suivants à gémir et à me contorsionner. Là aussi, mes yeux s'emplissent d'eau salée, elle glisse sur les bords de ma gueule qui remonte de chaque côté de ma face, me donnant l'impression d'être un soleil éclatant de rouge et d'orange dans l'aurore.

Torturée par une montée brusque de plaisir, je pousse un hululement désordonné et aigu qui paralyse Cendre et fait taire toutes les grenouilles de la forêt. Ensuite, je jappe, un peu de honte, et elle m'imite, puis elle lèche mes larmes et nous restons silencieuses. Je ne peux me détacher de son regard, il m'envoûte et me fascine. Il me passionne.

Nous passons le reste de la nuit l'une contre l'autre, je ratisse la fourrure de son dos, mordille ses babines et écoute son cœur battre contre son flanc.

Alors que l'aube insinue son souffle mouillé sous le feuillage, Cendre se redresse vivement. Des cavalcades de loups nous entourent. Ils hululent, grognent, jappent fort tout en restant à une distance respectable. Elle s'ébroue et me passe dessus, m'envoyant sa grande queue dans le museau. Je la suis, un peu vexée, en l'appelant d'un ton aigu. Elle a pourtant le corps tendu, les oreilles dressées, mais ne se retourne même pas. Au contraire, dès qu'elle voit passer l'un de nos frères loups sur une crête, elle file de la tanière. La meute est venue la chercher. Je la vois atteindre un groupe de trois mâles, et ils se mordent en jappant et en grognant pour se faire la fête. Elle a vraiment un comportement différent, cherchant à s'imposer plutôt qu'à se soumettre comme le font habituellement les femelles lors de ces échanges entre loups, même si cela reste des jeux, c'est ancré en nous. Je pousse un hululement pour l'appeler, et elle me répond, joyeuse, accompagnée des sons moqueurs de ses compagnons.

La forêt s'emplit des cris des loups ; une dizaine d'autres se sont joints aux premiers, envahissant l'air d'une puissance destructrice et vorace. C'est le signal de la chasse ou des combats ! Cendre est dans la meute de ma sœur Blanche, la plus renommée. Que ne donnerai-je pour en faire partie !

D'ailleurs, j'entends ma jumelle pousser son cri, profond, et tous se taisent, puis ce sont des courses désordonnées et la forêt redevient calme. Je me retrouve seule. Je retourne sous mes branchages pour essayer de grappiller des odeurs de Cendre en me roulant dans les feuilles. Un peu frustrée, je ressors en m'ébrouant. Et si Haine essayait encore de m'attaquer ? Je dois retourner à la grotte – la grotte des bannis –, et je serai en sécurité. Je pourrai jouer avec Trois-pattes… Je me rends compte que je ne veux plus jouer, je ne veux plus me mettre à l'abri dans cette maudite caverne, je désire me battre et chasser comme Cendre et, plus que tout, intégrer la meute de Blanche.

Je sais que c'est un rêve un peu fou, mais il y a autre chose. J'ai soudainement peur de perdre Cendre. Il y a tant de jeunes loups – et de jeunes louves – à la fourrure brillante et glacée, aux pattes fines, aux coussinets moelleux, à la grande langue tendre et fraîche comme une source, qui tuent le gibier, mordent nos ennemis… Pourquoi resterait-elle avec moi ?

Ces pensées mettent une pierre dans mon cœur et sur mon ventre, je me sens seule et sale, bannie, alors que j'ai une sœur et des frères, une mère, mon propre clan… qui m'a rejetée. À cause de mes différences. Pour me protéger. Cependant, quelque chose me dit que ces différences peuvent être une force. Haine m'a montré qu'il faut observer et imiter. Voir, inventer, essayer, et quelque chose de nouveau peut se produire. Je comprends que je suis une sorte de bâtarde, pourtant, ma moitié de race maudite – celle de nos ennemis – sait se battre et, pour cela, ils utilisent des objets qu'ils coincent au bout de leurs pattes… Je viens d'avoir une révélation : oui, moi aussi, je peux avoir de vraies mâchoires, et je sais où en trouver.

Je hume l'air et repère une odeur de viande fraîche, Blanche m'a apporté mon petit-déjeuner. Je zigzague rapidement entre les arbres jusqu'à trouver, posés sur une branche, à un mètre du sol, les restes d'un cuissot de cerf. Je le dévore rapidement, trouve une flaque et m'y abreuve. Je suis prête. Prête à devenir une vraie louve.

4

Je me rends au reposoir de nos mères et pères morts-là où je prends ma fourrure, et enfin je trouve des mâchoires. Mes mâchoires de louve ! Je fais des essais comme j'ai vu les hommes faire. En les glissant dans mes griffes de chair, je peux trancher des branches, arracher, creuser la terre. Je suis si impatiente de les essayer que je me mets immédiatement en chasse. Je sais avancer et tourner dans le vent, ramper sans faire de bruit, mais cette fois, je ne vais pas effrayer le gibier pour l'envoyer dans la gueule d'un frère. Mon premier lapin, je l'attrape au bout de deux heures. Je peux l'ouvrir et le découper de mes mâchoires, avant d'en déguster chaque tendre et chaud morceau. Je chasse ensuite un faisan, puis des poules d'eau. À force de manger, je vais avoir le ventre d'une grosse loutre. Je peux même tuer des poissons à leur passage près de ma fourrure. J'ai une sorte d'avantage, mon odeur effraye moins le gibier que celle de mes frères loups.

En fin de journée, Cendre vient me rejoindre dans notre tanière au pied du grand chêne, plus poussiéreuse que jamais, fourbue. En me reniflant, elle détecte les effluves de chasse dans ma fourrure et remarque mes nouvelles mâchoires. Je vois la fierté dans ses yeux, nos cœurs sont si chauds, nous sommes si heureuses de nous retrouver. Elle est épuisée et s'endort contre moi dès que je caresse sa nuque.

Le lendemain, je passe ma journée à traquer un cerf. Il est trop rapide, mais avant la tombée de la nuit, j'attrape un daim. Je suis si contente de moi, pourtant, je m'interdis d'y toucher. Ce gibier va peut-être changer ma vie. Je compte l'apporter à Blanche, afin de lui montrer que je peux chasser, et ainsi, intégrer sa meute. Je me dépêche de retourner voir Cendre afin de lui montrer mon trophée.

Je perçois tout de suite le danger, avant même que les oiseaux ne s'envolent par paquets en bouchant les trouées dans les arbres, que les rongeurs ne traversent ma piste par centaines, et que le bruit lourd d'une avalanche de pierres ne fasse trembler toute la forêt. Il s'agit de ces grands cerfs sans bois que les hommes montent, le bruit est tout près de notre tanière. Je me faufile jusqu'à une butte d'où je les aperçois. Ils sont une trentaine, montés sur leur bête, l'odeur du sang manque de me faire vomir, le sang de mes frères. Des corps de loups morts parsèment le sol de la forêt. Les hommes de fer ont leur outil qui tire des pointes, et chacun tient une grande dent d'argent tranchante dans sa patte. Cendre gémit et grogne, acculée contre un amas de rochers, la cuisse percée de deux tiges de bois. Je me mets à paniquer et à hululer tout en restant cachée pour appeler la meute. Aussitôt, tous les hommes se tournent dans ma direction. Leur chef crie des mots qui, sur le moment, se gravent dans ma mémoire, même si je ne les comprends pas : « C'est elle, la fille sauvage que le pêcheur a vue ! Il me la faut ! Vite, trouvez-la ! » C'est un être très gros et effrayant, la moitié du visage couvert d'une fourrure frisée et noire, avec une hure de sanglier dessinée sur le torse.

Ils se déploient en courant dans tous les sens ; deux d'entre eux s'approchent de Cendre, tenant une grande pique de bois, ils vont la tuer alors qu'elle ne peut fuir. Hors de moi, je sors de ma cachette et hurle de plus belle en faisant claquer mes mâchoires de louve. J'hésite à les attaquer, quand je les vois se détourner en poussant des cris et se précipiter dans ma direction, ordonnant à leur grande bête de faire de même ; je comprends alors que je peux les éloigner, afin que Cendre puisse se mettre à l'abri. Je m'enfuis ventre à terre, en zigzaguant dans le sous-bois.

Les feuilles sèches s'envolent sous le choc des sabots ; j'espère rejoindre un tunnel sous un grand saule, mais ils se sont séparés, et je ne vois pas le filet de fer se refermer sur moi alors que je bondis par-dessus un tronc. J'essaye de mordre et de trancher avec mes mâchoires, un coup fort cogne ma gueule, et je sombre dans le néant.

5

Je porte une robe noire qui couvre mes bras et ma gorge ; ma fille a presque la même, avec de la dentelle sur les poignets et un serre-tête en argent sur ses longs cheveux d'or. Seul mon idiot de fils est apprêté tel un paon, il veut aller parader dans son nouveau château.

— C'est donc cela la terrible forêt aux loups ? Je n'en vois pas un, encore des légendes de paysans.

Je regarde de l'autre côté du fleuve, tant d'années ont passé. J'ai envie de lui dire qu'il se trompe. Ils sont là, dans les sous-bois, des centaines, certains nous guettent, mais la plupart ne font pas attention à nos insignifiantes personnes. Et puis, pourquoi se montreraient-ils, alors qu'une troupe de deux cents soldats stationne de ce côté de la rive ? Les chevaux, eux, le sentent, la peur traverse doucement leur peau, elle emplit mes narines.

Malgré sa robe noire, Mathilde porte des bottes de chasses et l'épée au côté. Elle n'a que treize ans, mais c'est elle qui régnera sur le Comté du Fleuve.

Fille du Prince de Guyenne, son domaine s'étend de la Normandie à ces terres pyrénéennes que nous venons de soumettre. C'est sa décision, parce qu'elle veut rester près de moi, pour me protéger et m'aimer.

Elle seule connaît la vérité ; depuis toute petite, je lui ai aussi appris à chasser la nuit et à respecter les codes de la forêt. Enguerrand n'a que dix ans, et déjà tous les défauts de sa brute de père. J'ai prévenu Mathilde de se méfier de lui, elle devra peut-être, un jour, le tuer. Elle en est capable, le blason qu'elle a choisi pour ses nouvelles terres est une tête de louve.

Pour ma part, lorsque j'ai pris les rênes de la Principauté trois ans plus tôt, j'avais changé la tête de sanglier de mon mari sur ses armoiries par des taches grises. Ils ont appris par la suite qu'il s'agissait de cendres, pensant aux incendies que mes conquêtes et ma rage contre mes ennemis poussaient mes troupes à commettre. Même si j'étais devenue la Princesse, tous savaient qu'avant cela, j'avais été une fille sauvage, une moitié de bête.

La première année de ma capture, le Prince me montrait dans une cage, au bout d'une chaîne, il m'avait baptisée Louva et me fouettait pour que je cesse de me rebeller et de tenter de fuir. Malgré cela, je le fascinais. Et, tout comme j'avais su m'adapter à mon peuple loup, j'ai rusé et appris leur langue, leurs gestes et leurs manières, et je me suis soumise à lui. On me dit d'une grande beauté, blonde, les yeux bleus. C'est normal, je suis une louve de la forêt, descendante de Maraé, sœur de Blanche la combattante. Le prince décida que la fille sauvage serait son ultime trophée, il voulait des enfants d'elle, il m'épousa.

Nous avons eu nos enfants, ma Mathilde chérie, mon fils que mon mari gardait et formait près de lui, oubliant de se méfier des femmes. J'ai pris mon temps, je voulais tout apprendre et avoir les moyens de protéger mon peuple et ma descendance. Dix années, et ce fut trop. Je ne dormais plus depuis le premier jour, mon cœur avait trop mal, à cause de ce monstre. On le trouva mort lors d'une chasse, lui et ses trois compagnons, égorgés par un loup, alors que dans nos vignes bordelaises, aucune meute ne subsistait. Ce n'était pas un loup, seulement ses mâchoires. Mon mari les avait précieusement gardées.

Je mande le sergent pour que l'on mette à l'eau l'embarcation. Mathilde me serre longuement dans ses bras, je lui dis que nous nous reverrons. Enguerrand ne comprend pas, je lui explique que je pars faire une retraite, et que c'est sa sœur qui régnera à présent.

— Quoi, mère, une retraite dans cette forêt ? Mais elle est infestée de bêtes sauvages !

— Tu as dit toi-même que c'étaient des légendes.

Il sait, malgré mon sourire, comme je peux être grave et cruelle et n'insiste pas, même si je suis heureuse de sentir de l'amour et de la tristesse à travers sa peur. Peut-être qu'il sera sauvé, s'il continue d'aimer. J'ai de la peine, mais je les reverrai, j'en suis certaine.

Mathilde en est consciente, aujourd'hui, je ne peux plus vivre, il me faut savoir, la rejoindre.

Elle retourne au chariot et me donne le gros sac de jute que je pose dans la barque, puis je pars seule en ramant vers l'autre rive.

J'ai si peur que je commence à avoir froid. À peine accostée sur le territoire, les odeurs m'assaillent, et quelques grognements lointains me parviennent. Ils se méfient, j'attrape mon sac et jette un regard vers mes enfants. Au loin, Mathilde serre les poings d'espoir, Enguerrand semble pleurer. Je me tourne et disparais dans l'ombre du bois.

Je défais mes longs cheveux et les secoue pour qu'ils tombent sur mon visage et sur mon corps, j'enlève mes vêtements, mes bottes, et fixe les lanières sur mes pattes, afin de maintenir la grande fourrure à la queue blanche sur mon corps nu. Puis je lève le museau et renifle la forêt, j'accroche mes mâchoires sur mes poignets, avant de m'enfuir entre les arbres, courant sur mes mains et mes pieds.

J'en ai les yeux mouillés et je cavale de plus en plus vite, m'écorchant, me blessant. Je trouve un trou d'eau frangé de boue et me roule dedans, m'en mettant jusque sous la fourrure, sur mes cheveux ; ensuite, je vais me frotter à la terre, dans les feuilles mortes. Mon flair m'indique qu'une charogne de sanglier gît quelque part sur ma droite. Je m'y précipite et me vautre dessus, puis je parcours le terrain en tous sens, me frottant aux arbres, les flairant, apeurée de ne pas reconnaître son odeur, urinant pour marquer mon territoire, signaler ma présence. J'hésite encore, j'ai si peur qu'elle ne me reconnaisse pas, qu'elle ne veuille plus de moi, la bannie.

Je dois attendre la nuit pour me calmer. Redevenir totalement louve. Dans l'obscurité, on ne voit que nos ombres. L'eau croupie a séché sur ma fourrure, et je me sens en symbiose avec les cris des grenouilles et les mouvements furtifs des petits mammifères. Je retourne sous notre ancienne tanière, la branche s'est brisée, le lit de l'amour est empli de feuilles mortes. Je vais à l'endroit où je l'avais vue blessée et je comprends où elle se trouve.

De nouveau, je pars ventre à terre et m'arrête subitement, à quelques sauts de la grotte des bannis. Ma poitrine se déchire, il n'y a plus qu'elle, son odeur qui approche. D'abord sa silhouette, puis je l'entends couiner, j'ai l'impression qu'elle est blessée. Elle traîne sa patte arrière droite, mais ce n'est pas ce qui la fait souffrir. Elle m'a vue et se plaque sur le sol, mettant ses coussinets sur le haut de son museau. Je n'y tiens plus et m'approche d'elle. Ses gémissements me fendent le cœur, je la lèche, mon amour est toujours aussi sale, et du bout de mon museau sous son ventre, je la fais se mettre sur ses pattes. Elle tremble et me regarde tourner autour d'elle, lui mordiller la nuque, passer ma langue sur ses babines, sa blessure. D'un coup, elle jappe, griffe le sol et commence à bondir de joie, jusqu'à me bousculer pour nous faire rouler dans la terre et les feuillages. Sa gueule s'ouvre comme pour me dévorer et son souffle chaud est un masque sur mon visage.

Mes yeux s'emplissent de ses yeux jaunes, je sens mon museau s'agrandir, les poils poussent sur mes pommettes, mon front, mes oreilles pointent et mes dents s'aiguisent, nous ne faisons plus qu'une.

Parfait

Hervé Commère

Fred serre cet écrou retors et s'interrompt, car il lui semble toucher du doigt quelque chose : il faudrait dire aux enfants que tout a ses hauts et ses bas.

Voilà des mois qu'il tourne autour, et le début d'une piste apparaît.

Lorsqu'il reprend la clé en main, qu'il sent le métal froid dans le creux de sa paume et qu'il l'empoigne à s'en faire mal pour un dernier tour de vis, les larmes lui montent aux yeux. La faute à l'effort, à coup sûr.

Des hauts, ils en ont connu, ils ont eu leur part, et quelques bas aussi. C'en est un parmi d'autres, peut-être plus pervers, plus profond ou plus sombre, mais ça n'est qu'un bas, juste un bas.

Les sommets reviendront. Voilà ce à quoi il prie jusqu'à n'en plus sentir ses muscles.

Où se trouve-t-elle à l'heure qu'il est ? À qui parle-t-elle ?

Depuis qu'elle est partie, Fred a lu nombre d'histoires et d'avis sur le Net, une foule de citations, quelques morceaux de livres. Pas évident de se faire une idée. L'amour, on dirait bien que personne n'y comprend rien, c'est une maladie, une folie, une épreuve, tout le monde a sa définition. Comment savoir lequel y voit plus clair que la moyenne ?

*

Où est-elle ?

Elle, elle se trouve face à un homme dans la pénombre d'un restaurant. L'endroit va bientôt fermer, mais ces deux-là s'en fichent. Les jambes croisées sous la nappe, les avant-bras découverts, négligemment posés sur les accoudoirs.

Une heure plus tôt, on se cherchait une place, on tirait une chaise à soi, on faisait tinter son verre et l'on mastiquait dans le bruit des couverts et des mots qu'on se lance. Le personnel de service allait et venait, garnissant de pain les bannettes ou resservant à boire. Elle et lui se souriaient à distance.

À présent, la salle est déserte. Ils occupent une table au centre. On a laissé luire une ampoule au-dessus. Dans le halo qui subsiste, ils chuchotent. Deux femmes débarrassent en se faisant discrètes. Elles empilent les assiettes, chargent des plateaux de verres, rassemblent ce qui peut l'être, et glissent vers les coulisses. On laisse les retardataires profiter du calme du lieu, de la nuit claire derrière les vitres, du champ des possibles qui pointe. Il sera bientôt l'heure, mais chuuut. Encore quelques minutes rien que pour eux.

Eux font durer le plaisir. Ils sont l'un et l'autre seuls ici. L'information s'est glissée dans leurs échanges. Quant à savoir s'ils ont quelqu'un qui les attend quelque part, ils ne s'en sont pas parlé. Demain, tout sera peut-être différent. Ils ont suffisamment d'expérience pour ne pas se projeter plus loin que l'aube. Rien ne vaut l'instant, les sourires qui percent malgré la douce obscurité, leurs doigts qui se frôlent. D'un coup, l'air s'électrise.

Elle dit qu'elle décolle au lever du jour. Un riche client dans le Pacifique, une villa blanche et brute qu'elle devra sublimer pour lui. Plusieurs semaines que le projet mûrit. Demain, ce sera la confrontation au réel, aux perspectives, à la lumière. Ce sera le grand choc.

— La décoration d'intérieur, c'est une guerre, dit-elle à voix basse.

Il lui sourit, ses yeux pétillent.

Elle soutient son regard.

Ils se plaisent.

— Et vous, que faites-vous dans la vie ? s'enquiert-elle.

— Moi aussi, je décolle tôt demain.

Les femmes de service autour sont désormais immobiles, guettant le moment où ces deux-là se faufileront jusqu'à une chambre.

Il désigne sa chemise bleu clair.

— Je vis dans le ciel. Je suis pilote.

Il est 7 heures du matin, et les vêtements de la décoratrice et du pilote sont éparpillés autour du petit lit une place dans lequel ils se trouvent encore. Ils sont nus, ahuris, plus élégants pour deux sous, et soudain dévorés par la panique. Il se rue sur son slip en bafouillant qu'il est à la bourre et que son Concorde se remplit déjà, tandis qu'elle enfile une blouse en répétant que la déco n'attend qu'elle. En quelques secondes, les voilà qui trottinent dans le couloir.

Le réfectoire de la veille au soir est plein des mêmes consommateurs, qui ce matin petit-déjeunent. On les accueille, on les calme. On leur désigne leur place.

Ils s'assoient loin l'un de l'autre et sans même un regard.

On les sert.

Un grand brun vers le fond réclame un verre de vin rouge, mais l'alcool est interdit. Sur les plateaux de plastique, il n'y a que du café, un verre d'eau, deux tartines, une compote.

Elle gratifie ses voisins de table d'un sourire qu'elle force un peu. On l'ignore. Elle inspecte les murs :

— Ce papier peint, c'est, comment dire…

Elle laisse en suspens sa phrase. Puis avant de porter son café à ses lèvres, elle précise :

— Je suis décoratrice.

Une vieille à côté relève le nez et lui répond :

— Ta gueule.

Ça sort comme ça.

Au loin, le pilote se maudit. Il vient de tacher son pyjama bleu ciel.

— Je m'appelle Paula, poursuit la décoratrice.

La vieille recommence :

— Ta gueule.

Ça glisse.

*

Elle s'appelle Paula, et même Paula Parfait depuis son mariage avec Fred il y a longtemps.

Fred et Paula tenaient un garage à la sortie d'un gros bourg, le garage Parfait. Ça donnait à l'enseigne un sacré cachet. À elle les papiers, les prises de rendez-vous, la compta ; à lui la graisse, les durites et l'essence. Un petit Ugo n'a pas tardé à voir le jour. Le soir, en sortant de l'école, il gagnait le garage à pied et faisait ses devoirs sur le bureau à l'accueil. Ils rentraient tous les trois à bord de la dépanneuse aux couleurs de l'entreprise, direction le pavillon de l'autre côté du bourg. La vie était faite pour durer mille ans.

Ugo s'est progressivement mis à manger comme quatre à table et à fermer la porte lorsqu'il prenait sa douche. Tout passe si vite. Aujourd'hui, il préfère rentrer tout seul.

Le premier pépin a surgi l'année dernière. Un petit homme s'est présenté pour une vidange ; il était pile à l'heure et souhaitait patienter dans les fauteuils du bureau vitré, ça ne posait pas de problème ? Fred l'a dévisagé : il avait un autre rendez-vous sur ce créneau, d'ailleurs, voyez, le pick-up arrivait. Le client et lui ont cheminé vers Paula qui, consultant l'agenda, a poliment annoncé au type qu'il faisait manifestement erreur. Mais ledit type s'est empourpré : non, il ne faisait pas erreur, et ça ne lui plaisait pas trop, ce qu'on était en train de lui raconter. Le ton est monté. Fred allait suggérer qu'il se trompait d'établissement quand l'autre a brandi son téléphone et remonté le fil de ses appels.

— Là, regardez ! C'est bien votre numéro ?

— Oui…

— Oui ou non ?!

— Oui !

— Donc je vous ai bien appelés, et j'ai bien pris rendez-vous. Et le rendez-vous, c'est aujourd'hui, et c'est maintenant. Alors vous me faites ma vidange.

Et comme Fred et Paula demeuraient interdits, le petit homme a conclu, colérique et colonial :

— Et fissa !!

C'était un jour comme tous les autres, et il fut le premier d'une dégringolade aussi spectaculaire qu'inattendue. En quelques mois, les erreurs se sont répétées. Au départ, Fred a cru qu'en l'engueulant un bon coup, Paula recouvrerait ses esprits. Sans succès. Les trois semaines de vacances en août et les vitamines dont il saupoudrait son café n'ont pas inversé le cours des choses : Paula a multiplié les bourdes, confondu les fournisseurs et inversé les dates. Un soir qu'Ugo rentrait du collège, elle l'a accueilli d'un : « Bonsoir monsieur, que puis-je pour vous ? »

Une batterie d'examens plus tard, le verdict tombe : Paula a quarante et un ans, elle n'est statistiquement qu'au milieu de son existence, mais Paula souffre d'un Alzheimer précoce contre lequel il n'existe aucun remède à l'heure où le médecin s'exprime. Fred et Ugo sont pleins de rage et désespérés, car le toubib est formel : il leur faut commencer le deuil d'une personne qui n'est pourtant pas morte, mais qu'ils reconnaîtront de moins en moins.

Fred se met à croire en tous les dieux qu'il trouve, espère un miracle et maudit la malchance. Il ne peut pas s'y résoudre, il y a forcément quelque chose, une solution, un tunnel inconnu qu'il saura découvrir et qui mène à leur vie d'avant. Mais non. Paula s'éloigne à vue d'œil, elle prend le large sans que personne ait idée de la destination. Quoique la véritable destination, elle, soit bien connue du corps médical : Paula oubliera tout progressivement, jusqu'à la façon dont on défèque et peut-être même comme on avale.

Peu de temps encore et la situation n'est plus vivable : Paula est ingérable, incohérente, et un beau jour, introuvable. Paula n'est plus là.

On la retrouve quarante-huit heures plus tard dans le Sud, vagabondant le long d'une autoroute. La semaine suivante, Fred et Ugo l'accompagnent dans un centre spécialisé où le meilleur accueil lui est réservé. Ici, on ne traite que des gens comme elle. On sait faire. Lorsqu'ils regagnent leur pavillon le soir à bord de la dépanneuse, le père et le fils fixent la route sans prononcer le moindre mot.

La seconde partie de la vie de Paula débute, la leur aussi.

*

Six mois qu'elle est là-bas. Six mois que Fred et Ugo petit-déjeunent et dînent de part et d'autre d'une chaise vide sur laquelle passent leurs yeux quand ils mastiquent. Il n'y a plus qu'une absence, qui continue de sidérer Fred lorsqu'il y songe. Il trébuche alors dans sa respiration, puis semble se souvenir, réaliser qu'elle est partie.

Il poursuit ce qu'il était en train de faire, serrer les écrous d'une roue, régler des soupapes ou retendre un petit câble, et voit d'ici le bureau désert. Ils faisaient une bonne équipe. La pièce prend la poussière, le foutoir progresse, des papiers maculés des empreintes noires du mécano. Avant, tout ça était nickel. À la maison, c'est pareil. Il pare au plus pressé, s'organise en tentant de ne pas faire subir à son fils un traumatisme supplémentaire. Plus le temps de rien, il y a tant à faire. Des plats préparés qu'ils passent au micro-ondes, du fromage sans pain, merde il n'y a plus de café.

Il n'y a surtout plus Paula, plus maman, plus son sourire ni sa patience, plus de douceur dans la maison, et plus rien qui réchauffe. Il n'y a plus qu'un père et son fils qui vivent en se demandant pourquoi eux, et pressentent qu'ils n'auront jamais la réponse.

Tout le reste leur semble au mieux dérisoire, au pire insupportable. La semaine dernière, à l'aube, Fred a enfilé un pantalon sans plus parvenir à gérer sa fureur. Il a dévalé les escaliers. Sur le trottoir, le voisin d'en face faisait vrombir son scooter pourri depuis bien trop longtemps, et tout était soudain sa faute. Fred a surgi dans le lever du jour et le froid l'a mordu sans qu'il le sente, tout à sa hargne. Le petit deux-roues pétaradait vers la sortie du lotissement, éparpillant derrière un panache toxique et blanc. Fred l'a fixé en écoutant décroître ce bruit qu'il ne supportait plus, et il s'est mis à pleurer. À la fenêtre de l'étage, Ugo aussi.

Six mois qu'elle est ici.

Paula est une patiente parmi d'autres, un peu plus jeune, certes, mais de nouveaux cas stupéfiants se déclarent chaque jour dans le monde. Alzheimer est une maladie dégénérative qui s'étend dans toutes les régions du cerveau jusqu'à sa colonie totale. Ici, on prend soin d'eux. On les surveille, on les observe. Quand l'entourage reste pantois face aux réactions d'un proche qu'on ne reconnaît plus, ici, on s'adapte. On accède aux requêtes tant qu'elles ne sont pas dangereuses. On écoute. On acquiesce.

Six mois que Paula Parfait se prend pour la décoratrice des stars, qu'elle scrute la cantine en y voyant le lieu d'un bal, et parcourt les ternes couloirs en se croyant à la Barbade. Allez savoir ce qu'Alzheimer éveille. On voit bien que son mari n'y comprend rien, pas plus que son ado de fils. Ils la dévisagent sans savoir quoi lui raconter.

La décoration, elle en parlait. Fred la renvoyait à ses factures en rigolant, il disait qu'elle n'avait qu'à repeindre la façade du garage, ça en avait besoin. Et puis il y avait la vie, un client qui rapplique, le téléphone qui sonne, un autre qui tombe en rade alors j'y vais.

À présent qu'elle est dans ce centre et qu'elle fantasme sans que plus rien ne la retienne, Fred s'interroge sur sa part de responsabilité. On le déculpabilise, on l'apaise. Il n'y est pour rien dans la pathologie dont souffre son épouse. Fred revit leur histoire, entrevoit ses erreurs et cette question le hante : était-elle heureuse avec lui ?

Depuis qu'elle séjourne dans ce centre, Paula va d'homme en homme, de lit en lit. La neurologue s'est montrée d'une grande pédagogie dans l'évocation de ces rapports. Fred faisait face en silence.

— Si ça lui fait plaisir, a finalement osé Ugo.

Temps suspendu.

— Vous croyez qu'elle les prend pour moi ? a imploré Fred.

La femme a penché le visage en semblant réfléchir :

— Non, a-t-elle fini par avouer.

Elle reçoit Fred et Ugo chaque dimanche, et leur fait un état de la situation. Elle emploie des termes simples sans tenter de travestir la réalité. Elle les rassure, leur explique. Souvent, ils comprennent.

Mais aujourd'hui, une ombre brouillait les traits de son visage lorsqu'elle est apparue.

— Monsieur Parfait, je pourrais vous voir seul ?

Ugo s'est reculé d'un pas, et a regardé son père pénétrer dans le bureau en se demandant ce qu'il allait y subir. Il est assis dans le couloir sur une chaise, il attend.

À l'intérieur, Fred écoute sans en perdre une miette, les yeux rivés à la baie vitrée donnant sur le parc. Dans les allées vertes et baignées de soleil, les patients s'ébattent et se narrent leurs multiples vies. D'ordinaire, Paula s'y trouve.

Mais aujourd'hui, pas de Paula.

Elle est où, Paula ?

— Elle va bien, le prévient la femme. Son état n'a pas varié.

Elle répète « Elle va bien »

— Mais quoi ? dit Fred sans pivoter vers elle.

La neurologue hésite.

— Nous avons déjà retrouvé votre femme dans le lit de différents occupants, commence-t-elle.

— Je sais.

— Elle ne semblait jamais en conserver le moindre souvenir. Le matin, dans la salle du petit-déjeuner, elle revenait à ses décors, ses clients, comme si rien n'avait eu lieu. Ses amants et elle se croisaient sans même se reconnaître.

Fred saisit très bien l'imparfait qu'elle utilise. De même que le silence qui ponctue ses paroles, et qu'elle prolonge.

— Nous avons accueilli un nouveau patient il y a quelques jours.

Fred s'approche de la vitre.

— Oui ?

Il inspecte l'extérieur, balaye l'assistance.

— Et alors ? demande-t-il, mais il a déjà compris.

Paula n'est pas dans le parc aujourd'hui, et il sait que l'homme en question ne s'y trouve pas non plus. Il est désarmé, incrédule lorsqu'il entend la femme lui expliquer doucement :

— Il s'appelle Jacques. Votre femme et lui ne se quittent plus. Ils sont follement amoureux.

*

Il s'appelle Jacques, oui, cet énergumène. Un autre jour ou dans une autre vie, Fred te l'aurait attrapé par le col et traîné jusqu'au fond du parc pour lui dire deux ou trois trucs en tête à tête.

Là, toutes les forces l'ont quitté d'un coup. Une immense fatigue s'est abattue sur lui, le laissant dans un état de fébrilité dont il n'est pas sorti. Fred est fragile. Fred remplit sa journée, Fred conduit prudemment, Fred parle à des gens, mais Fred est ailleurs. Il cherche à comprendre et il n'entrevoit rien. Jacques est un petit bonhomme d'une tête de moins que lui, il a des traits juvéniles malgré sa cinquantaine et sa peau burinée. Jacques était photographe animalier, il a parcouru la planète entière et vendu ses clichés à tous les magazines possibles. Une vie aux mille dangers, aux mille merveilles, dont il n'a, semble-t-il, plus le moindre souvenir. Il a même peur du chat qui traverse parfois la résidence. Entre deux reportages en Afrique, au pôle Nord ou dans l'Himalaya, Jacques regagnait son appartement parisien regorgeant de souvenirs et d'objets glanés en chemin. Un bric-à-brac qui le laisse désormais de marbre lorsqu'il y pénètre, accompagné de son frère jumeau. Lui aussi peine à y croire, mais après des mois d'observation, de doute et de déni, il a dû se rendre à l'évidence : Jacques s'évaporait sous ses yeux, et ne pouvait plus vivre seul.

— Alors je l'ai pris chez moi, a-t-il expliqué à Fred. Mais en ce moment je travaille sur un très gros truc, c'est pour ça que je l'ai mis ici.

— Vous faites quoi ?

— Je suis journaliste. J'écris un livre sur les logements vacants. J'en vois le bout.

Les deux hommes étaient côte à côte derrière l'une des vitres du parc. En contrebas, Jacques était assis sur un banc. Il tenait dans ses mains celles de Paula, qui l'écoutait, toute à lui. Les deux hommes les couvaient du regard.

— Vous avez remarqué comme ils ont l'air bien ?

Fred ne savait pas quoi répondre. Il lui semblait n'avoir jamais vu sa femme aussi légère. En bas, Jacques et Paula s'embrassaient.

— Vous savez qu'il y a un type qui a mangé un avion ? a poursuivi le frangin.

— Hein ?

— Il s'appelait Michel Lotito, il a bouffé un Cessna. Ça lui a pris deux ans.

Il a haussé les épaules sans quitter son frère des yeux, qui posait à présent ses mains sur les seins de Paula. L'homme a poursuivi avec détachement :

— Cet après-midi, je pensais au ratel. C'est une espèce de blaireau qui vit en Afrique. Plutôt petit, pas bien impressionnant… Mais c'est l'animal le plus agressif au monde, et surtout, le seul, avec l'homme, capable de courir en marche arrière. Ça rend fou ses prédateurs.

Fred a tourné son visage vers lui, mais l'autre n'y a pas pris garde, il a enchaîné comme pour lui-même :

— Il y a des choses dingues. Partout, tout le temps… On le sait mais quand on y est confronté, on est toujours pris de court.

— Et alors ? s'est enquis Fred, à l'affût.

— Peut-être qu'il faut voir les choses autrement.

— Comment ?

— Je n'en sais rien.

En bas, Jacques bandait ostensiblement, ça déformait son pantalon de safari.

— Regardez, a rigolé le frangin, et l'on aurait pu croire qu'il allait bientôt pleurer. Ils ont l'air tellement bien !

*

Depuis, les paroles du frangin tournent en boucle à l'intérieur de Fred. Elles sont partout, virevoltent, se dissimulent et ressurgissent. Il pense à cet animal qui court en marche arrière. Les folies qui existent. Dans la seconde qui suit, il revoit le sourire de Paula tandis que le photographe a les mains sur elle. La mine ravie, oui. Et l'amour, dans tout ça ? Fred est désarmé, plus vraiment le même. Ugo le trouve étrange, mais entre le père et le fils, le dialogue n'a jamais été très fluide. Pas le moment d'en parler, pas la période, et pas envie. Dimanche dernier, tandis que le frangin et lui observaient Jacques et Paula roucouler sur leur banc, Jacques s'est levé, direction les toilettes. Paula l'a suivi du regard, et Fred a sursauté, il s'est tourné vers le frangin :

— Allez-y, allez dans le parc ! il a dit.

— Hein ? Pourquoi ?

— Allez vous asseoir à côté de ma femme ! Vous avez la même tête ! Allez !

Il le poussait de l'épaule, alors le journaliste s'est exécuté. Il s'est approché à pas lents, et a fini par prendre place aux côtés de Paula Parfait.

Elle a tourné les yeux vers lui, demeurant silencieuse et sans la moindre réaction.

Puis elle lui a dit :

— La place est prise.

Le frère n'a rien osé répondre, il s'est levé comme un ressort et a rejoint Fred avant que Jacques ne réapparaisse.

— Vous voulez dire qu'elle ne s'est même pas rendu compte que vous étiez jumeaux ? a répété Fred à maintes reprises.

— Non.

*

Un matin qu'ils sont l'un et l'autre devant leur café dans la cuisine éteinte, Ugo se rend compte que le scooter d'en face ne les a plus réveillés depuis une poignée de jours.

— Il est en vacances ? suppose-t-il.

Comme Fred fait « non » de la tête, l'ado s'illumine :

— Tu as fait changer la fenêtre !

Des années qu'il en parlait, du triple vitrage pour insonoriser leurs nuits, des années qu'il y avait toujours mieux à faire.

Mais Fred nie de nouveau. Ugo s'interroge, d'autant que son père arbore un air de malice dont il n'est pas coutumier.

— Qu'est-ce que tu as fait ? finit-il par demander.

— Je lui ai payé un scooter neuf.

Les yeux d'Ugo s'écarquillent.

— Du triple vitrage, ça n'aurait profité qu'à nous, déclare Fred avec un sourire futé. Un scooter neuf, ça nous laisse dormir tranquille, et ça lui fait gagner dix minutes sur son temps de trajet. Sans compter que ça pollue moins.

Ugo est saisi.

— Tout le monde y gagne, conclut Fred.

Ce matin, le fils trouve à son père un indéfinissable charme.

C'était pourtant pas gagné.

Fred commence à distinguer comme une lueur au milieu des abysses. À voir les choses autrement. Voilà à quoi se raccrocher : Paula rayonne.

Mais là-bas comme ailleurs, le bonheur est fragile, et parfois bien fugace. Un dimanche qu'Ugo et Fred arrivent au centre où séjourne Paula, la neurologue les accueille avec embarras.

— Il est parti, lâche-t-elle.

Ils semblent ne pas saisir, alors elle précise :

— Jacques. Le photographe. Il est parti. Son frère a terminé son livre. Il l'a repris chez lui.

— Et ?

— Et Paula n'a plus goût à rien. Elle ne mange plus, elle dort mal, elle est triste.

Ce jour-là, le fils et le mari s'assoient de part et d'autre de celle qu'ils sont venus voir sans même qu'elle les remarque. Elle est absente et déboussolée, elle fixe un point au loin. Elle tend une main, la resserre sur du vide et se met à pleurer.

Plusieurs dimanches passent ainsi sans qu'elle ne sorte de sa triste léthargie. Paula n'a fini la nuit dans le lit d'aucun autre homme depuis que Jacques est parti. Plus rien ne la distrait. Elle assure même ne plus vouloir faire de déco : à quoi bon embellir l'intérieur des autres quand le sien lui semble désert ? Paula ne passe pas outre, elle est seule, elle maigrit.

Un dimanche identique aux autres, alors que le père et le fils cheminent vers le centre d'accueil à bord de la dépanneuse, Fred freine au dernier moment, tourne sans clignoter, tant pis pour ceux qui suivent et klaxonnent. Direction la maison du frangin.

Le frangin leur ouvre et les prend rapidement pour des dingues :

— Vous voulez que je remette mon frère là-bas ? répète-t-il pour être certain d'avoir bien compris.

— Oui.

Ugo ajoute un « s'il vous plaît » qui tombe à plat.

En face, le journaliste balbutie des mots qui peinent à s'enchaîner.

— Et Jacques, il va bien ? l'interrompt Ugo. Il est bien, avec vous ?

— Non, admet le frangin.

— Alors !

— Non, mais…

— Mais quoi !

C'est Ugo qui vient de crier ce « Mais quoi ! » qui a fait sursauter les deux adultes. Il est en colère. Il fixe le journaliste et l'accuse :

— C'est vous qui avez commencé !

— C'est vrai, abonde Fred. C'est vous qui avez parlé des changements de focale.

— Les changements de focale ? répète l'homme sans comprendre.

— Vous avez parlé de voir les choses autrement, abrège Ugo. Eh bien, c'est le moment !

— Vous savez ce qu'il va se passer ? demande Fred en retrouvant un semblant de calme. Vous voulez qu'on vous dise comment ça va finir ? La suite de la maladie, la fin ?

— Non, je sais.

— Vous savez et nous aussi, tout le monde sait. Ma femme et votre frère, ils sont en train de vivre leur dernière histoire d'amour.

— Nous, il nous reste toute la vie, conclut Ugo.

Le frère est immobile. Il voudrait parler mais les mots s'entrechoquent à l'intérieur sans qu'aucun se faufile dehors.

— Jusqu'ici, je ne suis pas certain d'avoir fait le bonheur de ma femme, concède Fred.

Il baisse les yeux, penaud. Puis il se redresse.

— Mais il n'est pas trop tard, lâche-t-il.

Il n'a jamais été aussi sûr de lui.

*

Peut-être que Paula n'a jamais été aussi heureuse qu'en compagnie de cet homme qu'elle ne connaît pas, qui ne se connaît plus lui-même et qui fera bientôt sous lui, oui, peut-être.

Fred n'a toujours pensé qu'à l'avenir et à lui, rarement au présent, si peu à elle. Paula est radicalement différente de celle qu'elle a toujours été, elle est insolente et sûre d'elle, peut-être bien agaçante pour qui la découvrirait, mais si libre, épanouie, et joyeuse, et Fred l'aime encore, cette Paula-là. Paula n'est pas malade, Paula ne va pas mourir. Paula ne va pas insulter le personnel ou faire pipi sans se lever, pas aujourd'hui, pas encore. Dans la parenthèse de vie qui lui reste, Paula irradie, tant pis si c'est bref, tant pis si c'est avec un autre. Quand Jacques est revenu, elle et lui se sont animés à l'instant où ils se sont aperçus. Un fil invisible entre eux, que les témoins ont vu se tendre. Ils se sont embrassés sur la bouche, et Fred a senti les larmes lui monter aux yeux. Aux joues d'Ugo, le rouge affleurait.

Depuis, Jacques et Paula ne se sont plus quittés. Leur folie les auréole.

Fred se regarde et s'ausculte. Il a fini de serrer le boulon de cette roue, et se mire dans l'enjoliveur chromé. Il se jauge. Il se dit que l'amour nous dépasse, et que ceux qui prétendent savoir comment s'y prendre sont des menteurs ou ont quelque chose à te vendre. Il se murmure que l'amour, c'est vouloir le bonheur de l'autre quitte à s'en priver soi-même. Il s'écroulera peut-être tout à l'heure, ou bien Paula, mais ce qui est pris est pris. Il sourit tout au fond de lui. Sa Paula, son amour, les cadeaux qui se cachent dans les recoins de la vie.

Un amour fou et éternel

Jacques Expert

Les mains de Nicole sont longues et fines. Les siennes plus vigoureuses, aux veines apparentes. Noueuses, avec des cals, ce sont des mains de travailleurs. Des années au fournil les ont façonnées ainsi.

Il dit : « Il n'y en a plus pour très longtemps, mon amour. »

Elle esquisse un sourire, elle n'a pas la force d'en montrer davantage. Elle est trop faible.

Mais ce sourire le comble de bonheur, car il signifie : « Je vais y arriver. »

Renaud saisit délicatement la main gauche de la vieille femme allongée, les yeux mi-clos. Maintenant, elle fait semblant de sommeiller. En les effleurant, il a l'impression de caresser les ailes d'un papillon.

Toute leur vie, ce fut un petit jeu entre eux. Elle, parfois lui, c'était selon, feignait de dormir. L'autre le réveillait en poussant un grand cri. Il fallait alors faire mine de sortir d'un sommeil profond et de se fâcher. C'était pour rire, bien sûr, pour le seul plaisir de « consoler » l'autre et de s'embrasser.

Des petits jeux comme celui-là, ils en ont eu plein, comme autant de raisons de se dire « je t'aime ». Cette complicité amusée a accompagné leur existence.

Ce soir, il ne crie pas. Pour ne pas la brusquer, il se contente d'un doux baiser sur le front et d'un « Hou, c'est moi… » à peine audible.

Quand elle ouvre les yeux, c'est qu'ils sont pleins de son amour. Ça signifie aussi : « Nous sommes deux vieux fous. »

Renaud porte la main de Nicole à ses lèvres, embrasse l'alliance en argent.

Celle qu'il lui a passée au doigt, il y a près de quatre-vingts ans, dans l'église de Sommières, cette petite commune du Gard. Tous les deux y sont nés des mains expertes de Mme Denise Garlantezec, une Bretonne égarée dans le Sud « par amour », expliquait-elle avant d'ajouter : « Qu'est-ce que j'étais sotte ! » La sage-femme précisait ensuite que c'était l'erreur de sa vie… Jamais elle n'aurait dû quitter « la bonne pluie de Bénodet » pour la chaleur écrasante du sud.

Nicole et Renaud ont fréquenté la même école communale, ont brillamment passé leur certificat, obtenant le prix du canton. Elle a poursuivi jusqu'au brevet. Lui a rejoint son père à la boulangerie de la rue de la République. En tant qu'aîné, c'est à ce vigoureux garçon, tout en muscles, que revenait le magasin. Il l'a pris comme un cadeau magnifique. Il savait que la boulange était pour lui.

Évidemment, le plus beau cadeau de sa vie, ce n'était pas le magasin, c'était elle.

Depuis qu'ils étaient enfants, Nicole et Renaud ne se quittaient jamais. Et ils n'acceptaient que rarement la présence des autres. Ils la toléraient, car ils étaient aimables et polis, mais tout le monde sentait bien qu'ils n'étaient heureux qu'ensemble.

On ne sait s'ils rougissaient de timidité ou de plaisir quand on les surnommait « les petits amoureux ». On les enviait presque, tant ils donnaient l'impression de n'avoir besoin de personne.

Si Renaud a fait officiellement sa demande en mariage aux parents de Nicole, ce ne fut pour tous qu'une simple formalité.

Du haut de leurs vingt ans, ils ignoraient ceux qui disaient qu'ils étaient trop jeunes pour se marier, et surtout que les temps étaient si incertains. « L'amour n'attend pas ! » répondaient-ils avec une candeur confondante.

Leur union était dans l'ordre des choses.

Le mariage fut pluvieux et heureux. Pourtant, ils savaient qu'ils devraient s'éloigner l'un de l'autre dans les jours qui suivraient la fête. Elle allait rejoindre l'école normale à la rentrée de septembre, tandis que lui, c'était la boulangerie paternelle qui l'attendait. Elle accomplissait son rêve : enseigner aux enfants. Elle rentrait le week-end, et ils pleuraient le dimanche soir, quand il l'accompagnait à l'autocar.

On ignore par quel miracle il avait échappé au STO alors qu'il était sur les listes. Par prudence, il a préféré ne pas savoir.

Tous les deux avaient donc vingt ans le 26 juin 1943. Ce jour-là, tout le monde oublia l'occupation, les camions bourrés d'Allemands qui traversaient le bourg tant la cérémonie fut belle, émouvante, et transpirait l'amour.

Le moment venu, Renaud ne s'est pas fait prier pour dire quelques mots. Il a parlé du plus beau jour de son existence, confié qu'il vivait un rêve éveillé, puis il a pris sa jeune femme par le bras, l'obligeant avec tendresse à se lever. D'abord, il a déposé un doux baiser sur ses lèvres, il a dit « mon amour » et a annoncé, la voix haute :

— Je te fais une promesse, ma Nicole. Ensemble, nous vivrons jusqu'à cent ans et nous fêterons ces instants uniques !

— Je le promets aussi, mon Renaud.

Elle a eu un magnifique sourire en interpellant l'assemblée :

— Nous vous donnons rendez-vous pour nos noces de Chêne ! En 2023 !

— Aux centenaires ! a crié Bernard, le témoin, en tendant son verre.

« Longue vie ! » ont repris leurs nombreux amis dont la plupart ont pensé que la promesse de Renaud était une blague. Mais n'était-ce pas un jour à s'amuser et à raconter des bêtises ?

Nicole et Renaud avaient préparé leur coup : après leur brève déclaration, ils ont rassemblé tout le monde dans la courette de la boulangerie, où ils ont planté un tout petit chêne.

— Nous serons tous les trois centenaires, a annoncé la mariée.

— Il dépassera le toit de la maison, a confirmé son époux.

— Ils sont fous, s'est écriée la maman de Renaud.

— Oui, l'a repris Bernard, ces deux-là, ils sont fous d'amour.

Il a eu le tort d'ajouter, ce qui lui valut les regards hostiles de ses voisins :

— Malheureusement, l'amour éternel n'existe pas ! Ça se saurait !

L'an passé, il avait trompé son épouse Aliette avec une marchande de légumes. Une aubaine pour Aliette, qui en avait profité pour se faire la malle et pour « monter à la capitale ». Son rêve à elle.

Aujourd'hui, ce 14 octobre 2023, de la cinquantaine d'invités qui participaient aux réjouissances, il n'en reste aucun.

Sauf eux trois, Nicole, Renaud et le grand chêne, toujours vigoureux. Il faut dire qu'ils l'ont soigné, bichonné tout au long de ces années. Il a souffert, frôlé la mort à plusieurs reprises, mais il n'était pas question qu'il dépérisse.

C'est vers l'arbre majestueux, au prix d'un effort surhumain, que se tourne Nicole.

Elle ébauche un sourire, il s'en aperçoit. Ce léger signe lui redonne l'espoir qui, ces derniers instants, lui avait échappé.

Il n'avait pas osé se l'avouer, mais il avait perdu l'énergie qui le poussait à l'aider.

Maintenant, il y croit, il pense fort : *Elle va y parvenir !*

Il dit d'une voix si forte qu'elle sursaute : « Il reste moins d'un quart d'heure. » En réalité, ils sont à une demi-heure de l'échéance, mais il n'a rien trouvé de mieux pour l'encourager.

Nicole, son épouse adorée, est née à 17 h 32 le 14 octobre 1923, selon l'acte de naissance conservé précieusement avec le sien dans le tiroir du haut de la commode de la chambre.

Les dates de l'un et de l'autre sont toujours affichées sur le frigidaire, tenues par un aimant. Un magnet rapporté une trentaine d'années plus tôt de Cassis, sur la Côte d'Azur. Ils y avaient passé une quinzaine de jours dans une petite location à quelques encablures du port. Ce n'était pas d'un super confort, mais peu importe, quand on s'aime autant. Ils se sont longtemps amusés (ils en abusaient même !) des regards en coin de leurs voisins de plage, étonnés de voir ces deux « vieux » s'embrasser avec autant de fougue. Comment leur expliquer que l'amour n'a pas d'âge ?

Pour lui, c'était le 17 juillet 2023, à 11 h 25.

Ce jour-là, il a franchi la barrière des cent ans. Comme une fleur, ce serait exagéré de le dire, mais il était (et il est toujours) dans une belle forme compte tenu de son âge.

Son arthrose, avec des poussées de crises parfois violentes, aux genoux et aux poignets, ne l'a empêché ni d'ouvrir une bouteille de champagne ni d'esquisser quelques pas de danse, pour le plus grand plaisir de Nicole.

Elle a annoncé : « À moi, maintenant, d'y arriver ! »

Elle a compté les jours, quatre-vingt-neuf, puis les heures, six, les minutes, sept.

Voilà le temps qui la séparait de ses cent ans.

Elle est plus jeune que lui de quelques mois. Ce fut toujours un motif de moquerie entre eux, quand il répétait qu'elle lui devait le respect dû aux aînés. Toujours par jeu, il insistait : « Je suis un homme.

À ce titre, tu dois m'obéir ! » Alors, elle jouait à la toute petite fille obéissante, « Oui, monsieur », et, tombant dans ses bras, elle ajoutait : « Mon seigneur et maître ! » Il n'était pas en reste : « Tu es ma reine, je m'incline devant Sa Majesté. » Elle avait souvent le dernier mot sans que ça le perturbe. Et toute sa vie durant, il a été convaincu que les décisions de Nicole étaient les meilleures.

Autour du lit, inutile de chercher des photos de leur descendance. Ils n'en ont pas. Elle n'aurait fait que les encombrer.

S'ils n'ont pas eu d'enfant, ce n'est pas qu'ils ne pouvaient pas, mais parce qu'ils n'en désiraient pas. Surtout pas !

Évidemment, leur famille les encourageait, les amis s'étonnaient. Un pareil amour ne méritait-il pas une ribambelle de gosses ? Ils expliquaient qu'ils avaient fait des tests de fertilité, sans dire lequel des deux ne pouvait pas concevoir. Ils affirmaient que c'était « bien triste », mais qu'il fallait accepter. À ceux qui leur conseillaient l'adoption, ils répondaient, c'était selon, qu'ils hésitaient ou que leur demande avait été refusée.

À tous, ils cachaient la vérité, car la réalité était tout autre. Leur amour était si puissant qu'il leur suffisait.

Comment expliquer qu'enfanter aurait agressé leur bonheur ?

Renaud pose un nouveau baiser sur le front de Nicole, comme une demande de pardon. C'est pour l'encourager qu'il s'est volontairement trompé sur le temps : moins d'un quart d'heure, alors qu'il reste une bonne demi-heure. Mais il éprouve un brin de remords, car il réalise qu'il vient de mentir à la femme de sa vie pour la première fois en quatre-vingts années de mariage. Il s'en veut tellement qu'il rectifie : « J'ai fait une petite erreur, dit-il en consultant sa montre, il te reste encore vingt-huit minutes, mon amour. »

Il annonce d'une voix forte et triomphante : « Tu vas gagner ! »

Pour l'aider, il lui prend la main. Comme ils l'ont fait tant de fois au cours de leur longue existence, il la chatouille sous le pouce. Elle adorait ça, et ce simple geste pouvait durer une éternité.

Maintenant, il s'inquiète. Elle ne réagit pas, comme indifférente à sa caresse. Elle entrouvre les paupières. Son regard supplie : « Je n'y arriverai pas », semble-t-elle lui faire comprendre.

Il a senti qu'elle capitulait quand il a avoué qu'il restait encore une demi-heure. Comme si l'échéance lui paraissait impossible. Trop longue.

Vingt-trois minutes maintenant.

C'est si peu et beaucoup. Si peu quand on a vécu cent ans.

Un jour, ils s'étaient amusés à calculer ce qu'autant d'années représentaient en nombre de minutes : 52 560 000. Alors 23, comparé à ce chiffre astronomique…

Mais c'est tant exiger quand la flamme s'éteint inexorablement.

Comment la raviver ?

Cette promesse de vivre leur amour jusqu'à devenir centenaire, ils se la sont répétée tous les ans quand, toujours follement amoureux, ils fêtaient seuls, sans besoin de quiconque, l'anniversaire de leur mariage.

Ils dînaient dans le même restaurant, commandaient le même menu, et répétaient la même promesse en dégustant le même champagne : « Nous finirons centenaires. »

« Au minimum ! » ajoutait-elle chaque fois.

Pour la première fois, cette année, ils ne sont pas retournés au restaurant où ils se sont mariés. Quelques jours avant la merveilleuse échéance, les forces lui ont manqué. Elle a pourtant réservé, comme pour maudire cette grande faiblesse qui la clouait au lit depuis quelques jours. Le docteur Pelletier a compris qu'elle allait mourir dans les jours qui suivaient. Nicole a refusé quand il a voulu la faire hospitaliser.

« Ça ne servira à rien, et pire, je mourrai sans lui à mes côtés. »

Le médecin n'a pas insisté. Il ne connaissait que trop la puissance de leur lien. L'hospitalisation ne changerait rien, sauf les séparer à l'instant final.

Une fois Pelletier parti, elle promit à Renaud qu'elle serait centenaire. Elle a tenté de lui faire jurer qu'il continuerait sa vie sans elle. Il a répondu que oui, mais que « ce n'est pas d'actualité ».

Elle a feint de le croire. Elle sait qu'il fera comme elle, si, par malheur, il partait le premier. Elle se laisserait mourir, ils ne pourront vivre l'un sans l'autre.

Quand elle poussera son dernier souffle, il l'habillera avec sa robe de mariée, il revêtira son costume noir, celui qu'il portait le jour de ses noces.

Puis il s'allongera à ses côtés, attendant, sans boire ni manger, que la mort survienne et le délivre de cette solitude impossible.

Vivre l'un sans l'autre, ils ignorent ce que c'est, si cela peut exister.

Après les années de guerre, le pire qu'ils ont connu fut trois petits jours de séparation. Il avait dû se rendre à Nantes, pour une affaire de succession assez compliquée. Le frère de sa mère laissait une petite fortune à partager entre cousins. Il a eu beau l'appeler plusieurs fois par jour, il s'est senti si perdu qu'il ne s'est pas battu pour récupérer une meilleure part. Il aurait pu facilement prouver que le notaire défendait les intérêts de ses cousins. Cependant, pour cela, il aurait fallu rester quelques jours de plus. Il a préféré rentrer pour la rejoindre, les laissant empocher la totalité de l'assurance vie. Il a perdu quelques dizaines de milliers de francs dans l'histoire, mais Nicole a, comme toujours, trouvé les mots pour le calmer : « Plaie d'argent n'est pas mortelle. »

Bien qu'elle ait maintenant les yeux clos et semble étrangère à ce qui l'entoure, il n'a pas besoin de tâter son pouls ou de passer la main devant ses lèvres pour savoir qu'elle est toujours en vie.

Combien de temps reste-t-il ainsi, muet, sans trouver les mots qui l'aideraient. S'il parlait, il éclaterait en sanglots, et il ne veut pas.

Il parvient enfin à rompre le silence : « Douze minutes », annonce-t-il. Il humecte sa bouche avec un mouchoir humide dont elle apprécie la fraîcheur.

Ses yeux s'ouvrent soudain. Ils se connaissent si bien qu'un simple regard suffit. Il comprend qu'elle veut entendre sa belle voix de baryton, qui n'a pas faibli en dépit des années. Elle est juste devenue un peu plus gutturale. Alors, il parle de tout et de rien, du maigre soleil qui décline, de la pluie annoncée pour demain, d'une grève prévue la semaine prochaine à la SNCF, d'un chat tout blanc qu'il aperçoit immobile sur la pelouse. « On ne le connaît pas, celui-là », dit-il. Il s'esclaffe : « Tu en as dépensé des sous à nourrir tous les chats errants du quartier. » C'était son habitude quotidienne. Elle n'avait pas besoin de les appeler pour qu'ils rappliquent quand elle remplissait leur gamelle. À chacun, elle avait donné un sobriquet. « Noiraud », « fillette », « gros tas »... Il adorait la voir s'affairer autour de cette ménagerie éphémère. Dès qu'ils avaient fini leur gamelle, ils disparaissaient dans la nature, et elle rentrait toute contente, réclamant de Renaud un petit baiser sur les lèvres.

Alors, il parle de tous ces chats qui les ont accompagnés sans éprouver le besoin d'en adopter un, et l'espace d'un instant, il la sent revivre.

Quand il murmure à son oreille en lui caressant les cheveux : « Six minutes, mon amour », ils savent qu'ils ont gagné.

Ensuite, elle se laissera partir, tant elle a mis d'énergie à vaincre le temps.

Il se glisse sous l'épais drap de coton. Il colle son corps au sien au point de ne former qu'un. Ainsi unis, ils profitent de ces ultimes instants. Nul ne saura à quoi chacun a pensé durant ce moment unique. Sans doute à leur vie à deux qui fut si heureuse. Six minutes de silence total dans une union tellement intense qu'elle les emporte tout doucement vers les cent ans de Nicole.

Du coin de l'œil, Renaud voit l'aiguille de sa montre dépasser 17 h 25. Il ne dit rien, laissant filer les secondes. Peut-être l'a-t-elle senti elle aussi, car elle sourit enfin. Pas d'un maigre sourire comme tout à l'heure, mais d'un sourire large, éclatant, magnifique.

Ils n'ont pas besoin de se dire qu'ils se sont tant aimés, qu'ils continuent à s'aimer.

À son tour, il sourit, si heureux que leur amour fou ait franchi les années.

Il prend sa main, elle est froide, presque glaciale. Nicole est partie.

Il ferme les yeux et se met à parler à voix haute. Il raconte leur vie, depuis qu'ils se sont croisés à la petite école. Il parle de leur promesse, celle de se marier plus tard, quand ils seront grands.

Petit à petit, alors que dehors la nuit s'empare du village, sa voix s'éteint, comme une bougie qui a fini de se consumer.

C'est Antoine Deltil, infirmier stagiaire arrivé la veille, qui trouve le corps. Il est 7 heures, et il a été chargé de la visite matinale des patients auxquels il distribue leurs médicaments quotidiens. Cette aile de l'hôpital est calme, et un stagiaire peut bien accomplir ce travail.

D'ordinaire, le vieil homme est déjà réveillé et attend patiemment le passage de l'infirmier.

Il est allongé, les yeux clos. Bien que débutant, Antoine comprend qu'il est mort. Affolé par sa découverte, il court avertir son chef.

Il le voit tâter le pouls, toucher son front, et il l'entend confirmer que « Le pauvre monsieur est décédé. »

— C'était qui ? demande Antoine.

— Il s'appelait Arnaud… Il était interné depuis 1943…

— 1943 ?

— Oui, mon garçon, il est enfermé depuis quatre-vingts ans. Un matin, pour une raison qu'on ignore, il a tué la femme qu'il allait épouser d'une décharge de carabine. C'est d'autant plus inexplicable que, d'après ce que j'ai lu dans son dossier, ils s'aimaient follement depuis qu'ils étaient enfants.

— Il a été jugé ?

— Non… Il a été déclaré dément et a été interné ici, à Cadillac.

— Il n'est jamais sorti, c'est dingue.

— Jamais…

Les yeux posés sur le cadavre, le chef laisse échapper un léger sourire :

— Il était gentil… Il adorait nous parler de sa vie auprès de celle qu'il aimait… C'était tellement touchant que nous ne le contredisions jamais. Pas une seule fois il n'a évoqué son crime. Il nous racontait toujours le même rêve, celui où il fêtait ses noces de chêne avec sa fiancée, Nicole…

Antoine regarde sa fiche et s'exclame « Il était centenaire. »

Gloria
(*in excelsis Deo*)

Mathieu Lecerf

« Au fond, c'est ça la solitude :
s'envelopper dans le cocon de son âme,
se faire chrysalide et attendre la métamorphose,
car elle arrive toujours. »

Seul, August Strindberg

Par où commencer ?

Comment raconter l'inexplicable ?

Existe-t-il seulement un moyen de vous décrire ma passion pour Gloria, sans que vous me preniez pour un fou ?

Trouverai-je les mots justes pour vous traduire mon amour absolu pour elle, sans être jugé par vous ?

Je pense que le plus simple serait de démarrer mon récit quelques jours avant l'entrée de Gloria dans ma vie.

Cela faisait des mois que je vivais un enfer. Je n'étais plus que l'ombre de moi-même. Je passais mes journées dans la peau d'un autre homme au bureau, et mes soirées seul chez moi à bloquer comme un zombie devant des séries à la con. Des soirées jumelles, identiques, qui se répétaient à l'infini. Et des nuits lors desquelles les migraines étaient mes uniques compagnies, ces putains de migraines qui empiraient et me provoquaient des insomnies perpétuelles. Je ne dormais plus. Voilà, on pourrait commencer comme ça.

Non ! J'ai une meilleure idée ! Ce qui est le plus objectif, c'est de vous présenter les choses ainsi : Je m'appelle Guillaume Lacombe. J'ai quarante-quatre ans, je vis seul. Je suis divorcé depuis trois ans. J'ai un fils de douze ans qui habite avec sa mère ; je le vois un week-end sur deux, et la moitié des vacances scolaires. Je travaille à la direction d'un gros cabinet de recrutement, à Paris, qui me prend quasiment tout mon temps. J'ai la responsabilité de centaines d'employés, beaucoup de pression, mais j'ai les épaules assez solides pour gérer mes missions. Je me considère comme un homme sérieux, fiable, peut-être un peu chiant aussi. Ce qui m'a sans doute coûté mon mariage. Mais la question n'est pas là.

J'ai rencontré Gloria il y a deux mois, quatre jours et trois heures. Je sortais d'un rendez-vous important dans le VIIIe arrondissement. La fin du mois de juin était pourrie, et il pleuvait la moitié du temps à Paris. Les touristes devaient maudire cette foutue météo, et la France avec. Ce jeudi-là, le ciel était particulièrement bas et ne présageait rien de bon. Pourtant, c'est précisément ce jour-là que ma vie allait basculer.

J'étais en train de remonter le boulevard à la recherche d'un taxi, lorsque je l'aperçus quelques mètres plus loin. Elle se tenait immobile, sur le même trottoir, en train de fumer une cigarette. De prime abord, Gloria ne me prêta pas la moindre attention. Elle était ailleurs, plongée dans ses songes, spectre opalescent et impalpable qui recrachait une fumée désordonnée. Sans réfléchir davantage, je me suis dirigé vers sa silhouette frêle et sensuelle, comme aimanté par une force insoupçonnée, et, une fois à son niveau, alors que les traits de son visage s'étaient enfin dévoilés à mes yeux grands ouverts, je lui ai demandé du feu. Elle me tendait un briquet au moment où je percutais que j'étais non-fumeur. La situation la fit beaucoup rire, et dans un sourire exquis, elle m'offrit une Lucky.

— Ce n'est pas dans mes habitudes d'aborder des inconnues dans la rue, lui avais-je lâché sans avoir plus aucune emprise sur mes mots, moi, l'homme timide à l'état pur. Mais puis-je vous inviter à prendre un verre ?

Elle a accepté, et l'heure suivante n'avait été qu'une délicieuse parenthèse, intime et respectueuse.

Nous nous sommes revus les jours d'après, toujours dans la même brasserie, jamais plus d'une heure. Gloria n'avait qu'une heure à m'accorder chaque fois, pas une seconde de plus, mais je m'en délectais. Même une minute m'aurait comblé. J'étais sous le charme de cette femme qui m'était tombée du ciel sans que j'y sois préparé. C'en était presque irréel. Elle me plaisait au-delà de l'apparence, au-delà du rationnel.

Dès que l'un de nos tête à tête se terminait, je rêvais déjà du prochain en l'anticipant dans mon esprit prolifique. Mais ne vous y trompez pas, l'attente de la revoir n'avait rien d'un cauchemar, elle était tout aussi agréable que sa présence en elle-même. L'influence de Gloria sur moi dépassait les frontières de nos entrevues, et rapidement, elle prit de plus en plus d'importance dans mes pensées, dans mon existence, presque malgré moi. À l'instar d'un virus bienveillant qui infecterait un corps accueillant, Gloria avait contaminé mon cœur et se déployait progressivement dans tout mon être, dans tout mon univers. Je me sentais mieux, j'étais plus apaisé, plus heureux, plus vivant. J'avais été amoureux de mon ex-femme, et j'avais déjà eu le béguin pour d'autres filles durant ma jeunesse, mais mon amour pour Gloria, si puissant, si soudain, jamais, à aucune période de ma vie, je ne l'avais éprouvé. Un amour unique. Une déflagration. Je l'ai su au bout de quelques semaines. Quoi que je fasse, elle se trouvait là, bien calée dans un coin de mon âme, omniprésente, ubiquiste et sacrée. Je la sentais partout, elle me gangrenait de la meilleure des façons : mon humeur au quotidien, mes performances au travail, mon rapport aux autres. Tout allait en s'améliorant, absolument tout. J'étais sur un nuage. Avais-je rencontré ce que les romantiques appellent « l'amour de ma vie » ? Toujours est-il que j'étais le plus heureux des hommes, un bonheur qui avait en plus l'avantage d'avoir réglé mon plus gros problème. Maintenant, j'allais au bureau avec le sourire, alors que j'étais à deux doigts de démissionner. Je m'étais remis au sport et je courais trois fois par semaine, alors que jusqu'à présent même descendre les poubelles me fatiguait. Mais surtout, grâce à elle, j'avais retrouvé le sommeil. Je dormais comme un bébé. Je me réveillais le matin reposé, détendu, joyeux, comme si je redécouvrais la vie à chaque aurore, ouvert à toutes les aventures. Chaque jour était un nouveau baptême, un nouveau rêve avec elle, une nouvelle possibilité. Gloria, ma Gloria. Ce n'était pas qu'elle comblait un vide, non, je dirais plutôt qu'elle me complétait. Voilà. Avec elle, j'avais l'impression d'être entier.

J'avais conscience de ma chance d'avoir rencontré une femme comme elle. D'autant plus qu'elle était magnifique. Une beauté méditerranéenne qui me rappelait certaines actrices italiennes des années 1970 sur lesquelles j'avais fantasmé pendant mon adolescence. Alors, bien sûr, je vous vois venir avec vos gros sabots. Oui, évidemment, je désirais Gloria, plus que de raison, d'une certaine façon. Mais aussi étrange que cela puisse paraître, jamais, à aucun moment, je n'ai posé la main sur elle. Jamais je n'ai même éprouvé la pulsion d'une passion charnelle avec elle. Et cela aussi, ça ne m'était jamais arrivé. Par le passé, lorsque j'aimais une femme, le sexe était primordial, naturel. J'adorais ça, et c'était même un besoin viscéral. Il m'était également arrivé de coucher avec des femmes pour qui je n'éprouvais aucun autre sentiment que du désir. Mais avec Gloria, c'était au-delà de tout rapport lié au sexe. Je l'aimais, elle, simplement, tout entière. Et je n'aurais pas voulu que la luxure vienne tout gâcher, que le cul se mette en travers de notre relation si pure.

J'avais organisé ma routine quotidienne. Dès le réveil, je me sentais plus en forme que jamais, je souriais pour rien, j'étais léger comme une plume.

Je prenais mon café en pensant à elle, à ses boucles brunes autour de mes doigts, à ses yeux noirs plongés dans les miens, jusqu'à ne former plus qu'un.

Dans la salle de bains, je me brossais les dents avec méticulosité. Je venais de me les faire blanchir et je voulais entretenir le sourire « Colgate » qui lui plaisait tant. Je m'épilais les narines, les oreilles, un peu les sourcils aussi, afin de les redessiner légèrement et de donner plus de caractère à mon visage. Puis, j'appliquais une crème de jour. J'adorais prendre soin de moi, c'était nouveau, inédit, Gloria m'avait appris cela : on ne peut donner de l'amour que si l'on s'aime soi-même.

Lors de notre huitième rendez-vous, qui s'était une fois de plus tenu dans cette même brasserie de l'avenue des Champs-Élysées, nous étions restés silencieux, à nous dévorer du regard. Le désir bouillonnait en elle, je pouvais le sentir émaner de sa délicate personne. Calme et serein, je m'attardais sur son apparence, elle était plus belle que jamais : des yeux d'un noir charbon, si sombres qu'on ne distinguait plus la frontière entre l'iris et la pupille ; de longs cils, de fins sourcils, un petit nez retroussé, des lèvres charnues, un teint hâlé sans l'être trop. Un visage parfait encadré de mèches brunes, comme autant de parenthèses qui l'effaçaient tout en maintenant sa présence. Un corps fin et harmonieux. Un plaisir pour les yeux. Si j'avais été un autre homme, j'aurais défini Gloria comme un visage d'ange sur un corps de pute. Mais je n'étais pas ce genre d'homme, à faire ce type de raccourci.

Après avoir bu son Perrier, elle eut envie de se rendre aux toilettes. Quand elle se leva et traversa le restaurant, tous les clients la suivirent du regard, moi le premier. Elle était divine, perchée sur des talons de dix, avec une jupe courte qui dévoilait des jambes interminables, un débardeur moulant et ses cheveux sombres dansant sur sa nuque. Au moment de quitter la salle, elle replaça négligemment une mèche rebelle derrière son oreille, et je ne pus que fondre devant le spectacle.

À son retour, j'avais envie de poursuivre la conversation que nous avions entamée lors de notre précédent rendez-vous :

— Avant de me retrouver, tu étais avec un autre client ? lui demandai-je.

— Oui.

— Il voulait quoi, celui-ci ?

Elle commanda un second Perrier avant de répondre.

— Que je le suce.

Je terminai mon café et le reposai sur la soucoupe.

— Tu prends combien pour les sucer ?

— 50 euros.

— Tu fais que ça ?

— Non. Pour 50, ils ont ma bouche, pour 100, ils ont mes fesses.

— Tu gardes l'argent pour toi ?

— Oui, je travaille en solo.

J'acquiesçai.

— Avec ton dernier client, c'était bien ?

— C'est jamais vraiment bien ni jamais vraiment nul.

— Mais tu as aimé le sucer ?

— Pas vraiment..., dit-elle en inclinant la tête, tandis qu'un garçon lui apportait sa boisson.

J'attendis que celui-ci s'éloigne pour continuer :

— Tu l’as sucé avec une capote ?
— Non.
— Tu n’utilises jamais de capote ?
— Si, quand ils me la mettent dans le derrière.
— Tu lui as léché les couilles aussi ?
— Oui, bien sûr, je lèche tout.
— Le cul aussi ?
— S’il le veut, oui.
J’acquiesçai de nouveau.
— Quand il a joui, tu as avalé ?
— Non, j’aime pas ça.
— Pourquoi ?
— Ça me dégoûte un peu.
— Il a joui où ?
— Dans ma main.
— Il y en avait beaucoup ?
— Moyen.
Je l’observai boire une gorgée d’eau pétillante, j’imaginai les petites bulles de gaz danser dans son gosier et couler dans sa gorge.
— Tu vois combien de clients par jour ? relançai-je par curiosité.
— C’est variable. Cinq ou six environ.
— Ce sont des réguliers ?
— Pas toujours.
Je baissai les yeux avant de les replonger dans les siens.
— J’aime beaucoup que tu me racontes tes journées et ce genre de choses, lui confiai-je.
— Moi aussi, j’aime t’en parler.
Je pris mon courage à deux mains.
— Je t’aime, Gloria.
Voilà, c’était dit. Aussi simplement que ça, c’était sorti. Au terme de notre huitième rendez-vous, je

m'étais ouvert à elle. Gloria connaissait maintenant mes sentiments. Je n'attendais nulle réponse de sa part, mais elle s'imposa au-delà de mes espérances :

— Moi aussi, je t'aime, Guillaume.

Le week-end suivant, j'avais la garde de mon fils, Aurélien. Comme chaque fois que je devais m'en occuper, je savais que je ne verrais pas Gloria pendant plusieurs jours. Son absence devenait de plus en plus difficile à supporter, et j'en étais à compter les heures. Mon humeur en était affectée, et je me noyais dans des réflexions sans fin. Je savais que je n'étais pas aussi présent pour Aurélien que j'aurais voulu l'être, et cela me peinait. Mais il m'était impossible de lutter contre mes émotions. Gloria m'obsédait à chaque instant.

Au fil des semaines, et de week-end en week-end, mon fils me trouvait changé. Quand je lui demandais de quelle façon j'étais différent, il ne savait pas quoi répondre. D'après lui, c'était un ensemble, un changement général. J'étais aminci, je prenais soin de ma peau, plus aucun poil mal placé ne débordait de nulle part. Même les repas que je lui préparais n'étaient plus les mêmes. Du steak/frites, on était passé au saumon/haricots verts. Mais plus qu'un changement dans mes habitudes, mon fils me trouva plus calme, plus posé, un peu comme sa mère, en fait. Voilà que je ressemblais à sa mère, maintenant ! Comment réagirait-il s'il savait que j'avais rencontré quelqu'un ? Si je lui présentais Gloria ? Serait-il heureux pour moi ? Comprendrait-il la passion que j'éprouve pour elle ? Mon besoin de l'entretenir et de la faire exister ?

« Transformé » ! Mon fils m'a trouvé « transformé » ! Je ne sais pas précisément ce qu'il a raconté à sa mère, ce petit morveux, mais dimanche soir, après l'avoir redéposé chez elle, mon ex-femme m'a appelé avec un ton grave. Mon fils ne me reconnaissait plus, apparemment. « Ce n'est pas mon père ! » avait-il répété à sa mère. « Il me fait peur ! » aurait-il encore baragouiné avec un air penaud. Je n'en revenais toujours pas de cet appel accablant, au moment où je m'exclamai :

— Je suis heureux ! Vous allez me le reprocher, c'est ça ?

— La question n'est pas là, Guillaume, avait rétorqué mon ex-femme comme pour me faire la leçon. J'imagine que tu vois quelqu'un, et c'est tant mieux pour toi. Tu es sur ton petit nuage et tout est joli, tout est rose. Mais il y a quelques changements trop… radicaux dans ta vie, et cela perturbe Aurélien. Je ne sais pas, il semble ne plus être à l'aise avec toi…

— Plus à l'aise ?

Elle laissa passer un blanc, puis :

— Il serait peut-être mieux pour lui que je le garde pendant toute la durée des vacances. Qu'en penses-tu ?

Celle-là, je ne l'avais pas vue venir.

— Ce que j'en pense ? m'égosillai-je. Tu veux m'interdire de voir mon fils ?

— Juste pour une petite période, le temps que tu mettes un peu d'ordre dans ta vie et qu'il s'habitue à ces changements…

— Comment s'y habituer s'il ne se familiarise pas avec ?

— Guillaume…

J'avais pris cinq secondes de réflexion, avant de lui renvoyer :

— Qu'il en soit ainsi.

Pour célébrer nos trois mois de relation, je tenais absolument à marquer le coup en offrant un cadeau à Gloria. Je profitai de la pause de la mi-journée pour me rendre dans une célèbre enseigne de prêt-à-porter située sur la « plus belle avenue du monde », et passai une trentaine de minutes à détailler pulls, cardigans et gilets sans réussir à me décider. Encore moins concernant la taille. Ne sachant comment procéder, je choisis finalement trois modèles qui me plaisaient et me dirigeai vers les cabines d'essayage. Ma préférence se porta sur un gilet rose en cachemire, très doux. Une fois enfilé, je rouvrais le rideau pour prendre du recul et admirer le résultat dans le miroir en pied. Une vendeuse qui passait par là m'interpella, surprise et amusée à la fois :

— Mais… c'est un modèle pour dames, monsieur !

Je me retournai avec le plus grand sérieux du monde et lâchai dans un sourire.

— Je sais.

Puis, une fois convaincu par mon choix, j'ajoutai :

— Je le prends. Vous pouvez me faire un paquet ?

Quand je retrouvai Gloria en début de soirée dans notre brasserie habituelle, elle semblait tracassée. Je restai silencieux afin de la laisser s'exprimer, mais elle n'ouvrit pas la bouche. Comme souvent, elle donnait l'impression de vouloir qu'on lui tire les vers du nez.

— Comment s'est passée ta journée ? lui demandai-je.

— Moyen.

— Pourquoi ?

— Un client, avec un énorme sexe, m'a fait très mal aux fesses, répondit-elle en grimaçant.

Ses traits étaient tristes, j'en fus bouleversé. J'eus envie de la prendre dans mes bras pour la réconforter.

— Ça me fait plaisir de te voir, lui lançai-je pour la rassurer.

— Moi aussi.

— Cet homme qui t'a blessée, tu ne pouvais pas te refuser à lui ?

— Non, ce n'est pas comme ça que ça fonctionne.

— Pourquoi ?

— Parce que j'aime ce que je fais, et que je ne refuse personne.

— Mais tu souffres, là.

— Ce n'est qu'un mauvais moment à passer.

Après avoir commandé nos boissons, je décidai de lui offrir son cadeau. Son humeur bascula radicalement. Avec des étoiles dans les yeux, elle s'empara du sac que je lui tendais et déballa le paquet qui s'y trouvait.

— Oh, Guillaume ! Il est magnifique ! s'exclama-t-elle en découvrant le gilet rose et en l'enfilant dans la foulée. Tu n'aurais pas dû !

Le vêtement tombait évidemment à la perfection, il lui allait comme un gant. Gloria était comblée, elle ne pensait plus du tout à la douleur et aux sillons qui lui griffaient l'anus. Elle était juste ravie de mon attention. Elle se pelotonna contre elle-même pour éprouver la douceur du cachemire, puis avança son buste au-dessus de la table pour me caresser la joue. Un geste d'une affection absolue qui me choya totalement. Et soudain, je vis l'étincelle du désir dans ses yeux.

— Je peux te poser une question ? me demanda-t-elle.

— Bien sûr.

— Pourquoi tu ne cherches pas à coucher avec moi ?

Je restai muet et la regardai avec des yeux emplis de passion.

— Je ressens ton amour, ton désir..., ajouta-t-elle. Mais tu ne me touches pas. Tu ne m'as jamais touchée. Tu ne fais que me parler, prendre le temps de me connaître, et m'offrir des cadeaux.

— Je ne te toucherai jamais, Gloria, rétorquai-je. Pour moi, c'est impossible...

Ma réponse ne parut pas lui convenir, mais elle se fit une raison.

— Merci encore pour le gilet.

— Je t'en prie, ça me fait plaisir, lui répondis-je. Mais parle-moi de cette grosse queue qui t'a blessée... A-t-il été violent ?

— Pas dans ses gestes ou son comportement, non, mais pendant qu'il me prenait, il a lâché les chevaux, le salaud. Il m'a pilonnée comme un taré.

— C'était bon ?

— Sur le moment, oui, mais une fois terminé, non.

— Tu jouis avec tes clients ?

— Ça peut m'arriver. Rarement, mais ça arrive.

— Tu as joui avec celui-ci ?

— Oui.

— J'aimerais voir ton visage pendant l'orgasme...

— Ah oui ?

— Oui.

— Ça risque d'être difficile, si tu ne veux pas me toucher…

Elle regarda sa montre.

— Tu dois y retourner ? demandai-je.

— C'est bientôt l'heure…

— J'aimerais t'accompagner un jour, pour t'observer avec un client.

Elle réfléchit un instant avant de répondre :

— Tu es déjà là. Tu es tout le temps là.

Comme si c'était possible, Gloria s'installa encore plus profondément dans ma vie, elle avait pris racine et le phénomène était désormais irréversible. De quelques heures passées ensemble par semaine, nos rendez-vous devinrent quotidiens. Pour résumer, nous nous voyions dès que nous le pouvions. Gloria avait pris l'ascendant sur moi, sur Guillaume, et elle obnubilait toute mon âme.

Quand soudain, un jour qui ressemblait pourtant à n'importe quel autre, quelque chose d'inattendu vint bouleverser cet équilibre idyllique.

Assis dans notre brasserie coutumière, j'attendais Gloria sur ma chaise habituelle, en face de la banquette encore déserte. Pendant les premières minutes, je profitais de l'attente pour observer mon propre reflet dans le miroir Art Déco qui me faisait face. Je détaillais longuement mon visage, j'avais pris goût à mon image, de plus en plus, et je pouvais aujourd'hui fixer avec amour et respect ces deux yeux noirs qu'on me renvoyait.

Au bout d'une heure seul à table, je me levai et quittai le restaurant avec la boule au ventre. Était-il arrivé quelque chose à Gloria ? S'était-elle fait agresser par un client ? Avait-elle été victime d'un accident ? Ça ne pouvait être que gravissime, sinon elle m'aurait prévenu. Elle n'aurait jamais disparu comme ça, aussi subitement, sans rien dire. Sur le trottoir, je tournai frénétiquement la tête à droite, à gauche, comme si Gloria allait apparaître d'une seconde à l'autre au bout de la rue. La sueur perla sur mon front et sur ma nuque ; je la sentais, chaude, liquide, crasseuse, en train de dégouliner le long de ma colonne vertébrale. Un frisson me parcourut l'échine. L'angoisse explosa dans mon corps et je me mis à courir, à courir désespérément, à courir comme si demain n'existait plus. Que lui était-il arrivé ? L'avais-je perdue ? Définitivement ? Les yeux en larmes et l'écume aux lèvres, je courais comme un dératé et traversai le boulevard sans me méfier de la circulation. Au même moment, une voiture déboula sur moi. Le conducteur fit preuve d'un réflexe inouï, car le véhicule me heurta à peine, mais suffisamment pour m'envoyer valdinguer dans le décor et me faire perdre connaissance.

Fondu au noir.

Je me réveillai plus tard dans un lit inconnu. Environ trois heures après l'accident, selon les informations de l'infirmière présente lorsque je suis revenu à moi. Cette dernière me regardait avec des yeux ronds, comme si elle venait de voir la Sainte Vierge. J'avais eu de la chance, que des égratignures et des blessures bénignes. Même le scanner n'avait décelé aucun traumatisme crânien. J'étais « béni des dieux », pour reprendre l'expression qu'elle m'envoya juste avant de quitter la chambre. Dès que je remis de l'ordre dans mon esprit, je repensai à Gloria et à sa soudaine disparition. Les pires sentiments se manifestèrent. La peur et la colère se télescopèrent, et je décidai de quitter immédiatement les urgences.

Durant cette nuit de ténèbres à la chercher, je parcourus des kilomètres et des kilomètres de paysage urbain, au point, au petit matin, de ne plus savoir si je remontais une rue ou un boulevard, si je longeais un cinéma ou un bar. Gloria s'était volatilisée, évaporée, comme ça, dans un claquement de doigts.

Les nuits suivantes, je restai cloîtré chez moi tel un mort-vivant, à compter les secondes, les minutes, les heures, et rapidement, comme je le craignais, mes insomnies reprirent le dessus. Je ne dormais plus. Voilà. J'étais revenu au point de départ. Les jours se ressemblaient eux aussi, et je les traversais tel un fantôme égaré, à l'agonie.

Un soir, malgré mon état, je dénichai tout de même la force de ressortir une dernière fois pour tenter de la retrouver.

En vain.

De retour chez moi, dépité et exténué, je me surpris à réciter une prière en y jetant mes ultimes espoirs : « Gloire à Dieu, au plus haut des cieux, Et paix sur la terre aux hommes qu'il aime. »

Puis, je décidai de me coucher pour la première fois depuis longtemps. Il était tard, la nuit noire. Et, ô miracle, aussitôt les yeux fermés, je sombrai dans les bras de Morphée.

Ce n'est qu'une douzaine d'heures plus tard que j'émergeai, en fin de matinée, enfin reposé. Je bâillai bruyamment en m'étirant, puis, intrigué par un détail du décor, j'observai avec attention mon environnement. Une étrange impression me percuta alors sans prévenir : tout m'était familier, mais tout me semblait différent. Comme si, lors de mon sommeil, une bonne fée s'était penchée sur mon berceau pour exaucer mon vœu le plus cher. J'avais la sensation de me réveiller dans un conte fantastique. Toutes les pièces du puzzle étaient maintenant à leurs places, rangées, raffinées, merveilleuses.

Le grand jour était donc arrivé. La transformation était achevée. La métamorphose, complète. J'appartenais enfin à Gloria. Totalement, tendrement, tragiquement. Corps et âme. Comme un papillon qui abandonnerait derrière lui sa chrysalide, j'allais prendre mon envol et m'épanouir, tel que je me destinais à l'être depuis toujours.

Avant de quitter la salle de bains, je me regardai une dernière fois dans le miroir, je soutins mon regard, je me trouvai magnifique.

— Je t'aime, m'adressai-je en m'offrant un sourire radieux.

Je fumai tranquillement sous l'abribus, sur le boulevard à la circulation éparse. La météo était plutôt clémente, on pouvait même se délecter de quelques éclaircies. Je ne pus m'empêcher d'y voir une allégorie. Je profitai justement d'un rayon direct sur mon visage maquillé lorsqu'une voiture ralentit et s'arrêta à mon niveau. Je reconnus le conducteur et me levai au moment où il baissait sa vitre. Plus je m'avançais vers lui, plus je me sentais désirable, perchée sur mes talons de dix, avec ma jupe noire préférée et le gilet rose que je m'étais offert il y a quelques semaines. Je replaçai une mèche brune derrière mon oreille quand je me penchai vers l'ouverture ; au volant, un client régulier m'adressa un sourire avant de s'exclamer :

— Salut, Gloria ! Ça faisait un bail… T'avais disparu ?

Arrêt sur image.

Mon visage rayonne.

Je suis de retour. Et pour de bon, cette fois.

Voilà comment on pourrait présenter les choses aujourd'hui :

Je m'appelle Gloria, j'ai quarante-quatre ans. Devenir moi-même fut sans conteste l'un de mes plus grands combats. Je vis seule, à Paris. Je suis divorcée. J'ai un fils de douze ans qui ne comprend pas très bien ce qu'est devenu son papa. Mais, avec le temps, je suis certaine qu'il comprendra et qu'il l'acceptera. Car aujourd'hui, son papa est heureux. Et je ne serai désormais plus qu'amour.

Nous trois

Jérôme Loubry

Mon Amour.

Tu es nu, sur le lit, allongé sur le ventre. Je te regarde, debout, appuyée contre la commode en bois de la chambre. Un faible rayon de jour naissant filtre à travers les persiennes, oblique vers le sol, diamante sa lumière fragile d'étoiles de poussière. Je t'aime. D'une folie douce, pure, éternelle. Depuis le jour où je t'ai rencontré, j'ai su que je ne cesserais jamais de t'aimer. Tu m'aimes également, tu me l'as maintes fois répété. Je t'observe et je n'ose bouger de peur de te réveiller. C'est con, mais je ne peux pas m'en empêcher. Alors je te fixe et me souviens de tout ce bonheur que nous avons partagé.

J'entends du bruit en bas, au rez-de-chaussée. Quelqu'un vient d'ouvrir la porte. J'ignore qui c'est. Je dois te parler avant que cette personne n'entre dans la chambre. À partir du moment où elle franchira la porte, c'en sera terminé de nous deux.

Ton dos musclé s'étale devant moi. Tes épaules, ta tête lourdement ancrée dans la mollesse de l'oreiller. Le drap recouvre tes fesses et tes jambes, mais je les devine sous l'étoffe froissée.

Des pas résonnent dans l'escalier. La fin est proche. Je t'aime.

Nous avons été heureux dès le départ. Nous partagions tout. Nos peines, nos joies, nos instants de doute, ces épreuves que nous avons franchies ensemble, sous les regards envieux et sereins de nos proches. J'ai longtemps prié pour que notre couple traverse les tempêtes sans en ressortir brisé. Et je dois admettre que les vents le plus violents ont soufflé sans jamais nous faire tanguer. Je suis fière de cela. Ainsi, je nous croyais éternels. Lové dans cette certitude, je n'ai pas fait attention aux prémices du malheur à venir. Il faut dire que tu as su te montrer subtil, patient, oui, délicat aussi, je dois l'admettre. Puis un soir, alors que nous dînions, tu as posé la question que tu gardais en toi depuis de longues semaines :

— Cela te dérangerait de laisser une autre femme venir ici ?

Je me souviens t'avoir répondu qu'il en était hors de question, que jamais je ne te partagerais. Tu m'as souri, as affirmé que tu plaisantais, qu'il s'agissait juste d'une pensée sauvage, sans fondement, juste un crépitement électrique dans ton cerveau, comme toutes ces idées ridicules qui parcourent notre esprit et que l'on oublie en un souffle. Je pense à cette soirée. Les lasagnes trop chaudes que tu avalais pourtant avec une indifférence effrayante. Le verre de vin que j'ai fini d'un trait, son goût désagréable. Le film que nous avons regardé à la télé ensuite, et ma nuit agitée de rêves inconfortables dans lesquels des femmes se disputaient ton sexe pendant que j'observais, tétanisée et impuissante, dans un coin de la pièce.

Les jours ont passé, et j'ai essayé d'oublier.

J'ai tenté d'ignorer tes regards s'échouer trop souvent sur les silhouettes féminines que nous croisions dans la rue, dans un café, au restaurant, au cinéma… J'ai feint l'aveuglement pour te laisser cette liberté répugnante que je jugeais bêtement inoffensive. J'ai souffert en silence, pensant que ce n'était qu'une passade, un jeu que beaucoup d'autres expérimentaient avant de se lasser. Cependant, ta détermination feutrée a ressurgi, non plus sous la forme d'une question me laissant le choix d'une réponse, mais d'une affirmation froide et cruelle :

— J'ai vraiment envie d'inviter quelqu'un d'autre avec nous, juste pour essayer.

Les pas sont là, derrière la porte. Ils avancent prudemment. À travers la fenêtre ouverte, j'entends des voitures ralentir, des curieux s'attrouper, des voix s'étonner. Dans quelques minutes, tout sera terminé. Toi, moi, elle. Nous ne serons plus, n'aurons jamais été, même si j'ai fait des efforts pour comprendre, même si j'ai souffert sans pouvoir hurler, même si j'ai étouffé au fond moi la tristesse qui embrasait mon cœur. Il ne s'agit pas d'égoïsme, de peur ou d'étroitesse d'esprit. Je t'aime à la folie, et l'Amour et la folie sont deux choses que l'on ne peut partager qu'avec son âme sœur.

— Nous n'avons pas besoin d'une autre personne. Je ne te suffis plus ?

— Fais-moi confiance, je la choisirai soigneusement, elle te plaira aussi..., avais-tu affirmé en prenant ma main.

— Je ne peux pas, je... j'ignore si je pourrai...

— Nous pouvons essayer, je t'aime, tu m'aimes, rien ne changera cela. Je te le promets.

— Pourquoi ?

— Pourquoi ?

— Oui, pourquoi tout gâcher ? Pourquoi tout risquer ?

— Parce que si nous n'essayons pas, c'est là que nous nous gâcherons.

Alors j'ai cédé. En partie, au début. Je t'ai autorisé à voir quelqu'un d'autre, seul pour commencer. J'ai serré mes poings jusqu'à sentir mes ongles entrer dans ma chair quand tu te préparais et ajustais tes plus beaux vêtements. Les règles que nous avions établies ne me préservaient que très peu de la folie :

Pas à la maison.

Pas toute une nuit.

Préservatif obligatoire.

Pas un mot en rentrant.

Un contrat tacite écrit avec le sang de notre Amour.

Cela a duré quelques semaines. « Tu verras, tu l'aimeras, j'en suis certain. Dis-moi juste quand ce sera le bon moment », me persuadais-tu avant de t'endormir. Le lendemain matin, tu m'assurais faire cela pour nous, pour nous aider à avancer, pour ne pas nous *gâcher*. J'étais prête à tout pour toi. Le savais-tu ? En jouais-tu ? Je ne pense pas.

Tu ne bouges pas. Tu es là, immobile, innocent au brouhaha qui résonne dans la rue. Il y a une autre silhouette allongée à tes côtés. À la fois beaux et repoussants, vos deux corps sommeillent dans une innocence que je vous envie. J'hésite à vous rejoindre. À me coucher entre vous, à attendre que l'homme qui cogne à présent contre la porte nous découvre, nous trois. Mais je ne peux pas m'y résoudre. Ce serait trop facile. Je dois expliquer ce qu'il s'est passé entre nous. Ça y est, les coups redoublent. Je tremble, j'ai froid tandis que vos corps dénudés demeurent stoïques.

— Je suis prête.
— Tu en es certaine ?
— Oui, je ne peux plus continuer ainsi sans participer. L'ignorance me détruit, je ne veux pas être mise à l'écart. Je sens que tu m'échappes, que tu t'isoles. Nous devions être trois, c'était le postulat de départ. Même s'il me sera difficile de la regarder te toucher, je préfère cela à mon imagination torturée.
— Ce soir, si tu veux. Je peux lui demander.
— Dis-lui de venir, et finissons-en.

Je me prépare. Me maquille avec l'appréhension d'une adolescente. Je bois un verre pendant que tu te douches. Le médecin m'a toujours déconseillé de mélanger alcool et antidépresseurs, mais ne s'agit-il pas là d'une circonstance exceptionnelle ? Le whisky me brûle la gorge, mais cette sensation est de loin la plus agréable que je ressens depuis des semaines. Je tente de faire le vide dans mon esprit, mais aussitôt, les souvenirs d'avant égratignent la paix intérieure que l'alcool m'avait fournie. Je me ressers un verre. Me rappelle tes paroles rassurantes :

— Si tu te sens mal, tu me préviens, elle comprendra et on reportera. Je lui ai expliqué ta réticence. Cette soirée doit nous réunir tous les trois, mais en aucun cas nous séparer. Si tu me dis d'arrêter, nous arrêterons et recommencerons un autre soir.

— Je veux te faire plaisir. Si c'est cela que tu désires…

— Oui, mais pas à notre détriment. Je t'aime. Personne ne pourra concurrencer cet amour.

— J'aime quand tu me dis cela.

— Alors je te le répéterai chaque jour.

— J'ai besoin d'un verre… juste pour me donner un peu de courage. Je me sens tellement anxieuse…

— Fais comme tu veux.

On sonne à la porte. Je n'ose bouger. C'est toi qui descends l'escalier pour aller l'ouvrir. Tu me jettes un dernier regard interrogateur auquel je réponds d'un bref hochement de tête. Je suis prête. Je le pense sincèrement. L'alcool fait son effet, les nuances se dessinent en effaçant la crudité de la réalité. Je tente de maintenir un souffle régulier, de calmer mes peurs, je fais quelques pas en entendant une discussion se créer sans moi. Un rire se faufile jusqu'à la cuisine, un rire inconnu aussitôt repris en écho par ton rire. J'entends des talons percuter les tommettes de l'escalier, se rapprocher alors que je recule pour m'appuyer contre l'évier. Elle sera bientôt là, majestueuse, je le devine. Dans quelques secondes, nos regards fuyants se croiseront, nous nous jaugerons. J'essayerai de comprendre ce qu'elle a de plus que moi, de différent aussi. Mes mains se crispent, la porte s'entrouvre…

— Ouvrez cette porte ! Police !

Il est là, c'est terminé. La rue est bouclée, la maison scrutée. Je vous regarde une dernière fois. Vous n'avez pas bougé d'un millimètre. Vos visages se font face, inexpressifs. Un coup plus fort contre la porte me fait sursauter. Le couteau s'échappe de ma main, tombe sur la moquette et rebondit, éclaboussant le sol d'une myriade de gouttelettes rouge vif. Une nouvelle secousse, la porte cède. Un homme me fixe, les yeux emplis d'incompréhension, puis son bras se lève et je vois le canon de son arme me poser les questions qu'il n'ose encore exprimer. Je le regarde à mon tour, lève les mains comme dans une série policière et attends la suite. Le policier m'abandonne pour vous observer. Quand son visage revient vers le mien, ce n'est plus l'incompréhension qui irrigue ses prunelles, c'est autre chose, presque du dédain…

— Pour quelle raison les avoir tués ?

La première question est crachée avec impatience. Le policier aimerait qu'il n'y en ait qu'une. Il est jeune, son regard brille avec l'enthousiaste utopie de venir en aide aux gens tels que toi et de punir les gens comme moi. Il voudrait tant que je la nourrisse, cette utopie, en donnant un sens à mon geste, que j'explique l'acte brut comme s'il provenait d'une décision soudaine. Mais ce n'est pas le cas. Je n'ai pas décidé subitement de mélanger mes somnifères à l'alcool que je vous ai servi. Ni de venir au petit matin pour enfoncer le couteau dans vos gorges. Il y a eu des étapes, un long processus de réflexion. On ne tue pas l'Amour sur un coup de tête. Il faut s'y préparer, en faire le deuil bien avant de frapper, sinon on risque d'hésiter, de se retenir et de juste le blesser.

— Votre avocat va arriver, vous n'êtes pas obligée de répondre, se reprend-il.

Il fait froid dans ma cellule. Le policier referme la grille, d'un geste du menton me montre le banc sur lequel m'asseoir ou m'allonger ; il s'en moque, et moi aussi. Mes mains sont encore tachées par le sang. Mes habits également. Je pense à vos deux corps. À ce moment où je vous ai vus vous embrasser avec un naturel qui m'a bousculée. Elle a détaché ses lèvres des tiennes, puis m'a souri, et dans ce sourire, j'ai lu la fierté de m'arracher ce qui m'appartenait. Je vous ai dit de m'attendre dans le salon, de vous asseoir sur le canapé en attendant que je prépare les boissons.

— Par Amour.

Le policier se retourne, revient sur ses pas. Il n'est pas certain d'avoir bien entendu.

— Par amour.

Je répète ma réponse d'une voix plus forte. Je veux qu'il entende, qu'il comprenne. Son visage ridé par le doute se détend légèrement. Je sens pourtant que je ne l'ai pas convaincu. N'aime-t-il personne ? Aurait-il accepté de partager son amour, de se le faire voler ? Il reste silencieux, et je me rends compte à cet instant de ma solitude. Je la ressens au plus profond de moi, glaciale, mais si familière que j'esquisse un sourire pour la remercier de ne pas m'abandonner.

— Par folie, plutôt…

Après ces paroles, le policier se retourne et disparaît sans attendre autre de chose de moi que le silence, et peut-être une prise de conscience de mon acte. Qu'importe ce qu'il pense, je préfère ma raison à la sienne et décide de m'allonger.

Mon avocat arrive une heure plus tard. Nous montons dans une pièce, nous nous installons sur une chaise, l'un face à l'autre, séparés par une table sur laquelle il ouvre un dossier. Il lit les pages, hoche la tête, maugrée quelques mots que je ne parviens pas à interpréter. Au bout de quelques instants, il relève son visage et soupire lourdement :

— Je ne vais pas vous mentir… ça va être compliqué.

— Ça peut être très simple, au contraire.

— Vous voulez plaider coupable ? s'étonne-t-il.

— Je ne suis pas folle, vous savez…

— Trois coups de couteau chacun, dans la gorge, pendant leur sommeil… Et le reste…, relève l'avocat en fixant une photo du dossier, ça va être très compliqué.

Le soir suivant, le policier me dépose un plateau-repas dans ma cellule. Il n'a pas envie de parler, je le devine à ses épaules tendues, à sa posture droite, à son regard qui lèche le sol. Au moment de refermer la porte, il se fige. Sa soif de compréhension est plus forte que son dégoût :

— Pourquoi l'avoir tué, lui ?

Je comprends sa réaction. On m'avait avertie. Les amis, la famille, mon psychologue. Même lui me disait sans cesse que je l'aimais trop, pas de la bonne manière, et qu'un jour, il ne serait plus là, qu'il fallait que j'apprenne à vivre avec cette idée. Mais je ne pouvais pas l'aimer autrement. Et cet Amour, chacun pouvait le décrier, le pointer du doigt, l'endormir à coups de médicaments, me le reprocher… mais jamais personne ne fut en mesure de l'imaginer.

— Je ne voulais pas le partager.

Cette vérité s'échappe sans que je parvienne à la retenir. Je sais que devant le juge, je ne pourrai rien ajouter. Cette phrase possède plus de sens que toutes les phrases ridicules que je serai vainement capable de débiter. Si le juge n'acquiesce pas d'un ton indulgent, c'est qu'il n'a jamais ressenti cet amour, et dans ce cas, il serait bien plus coupable que moi.

— C'est pour cela que vous les avez regardés agoniser après avoir enfoncé un couteau de cuisine dans leurs gorges ? Pour ne pas le… partager ?

— Vous ne comprenez pas la solitude ignoble de l'amour délaissé. Je ne vous en veux pas… elle n'est pas offerte à tout le monde.

— Vous vous êtes acharnée, bien après leur mort ! Le médecin légiste a dénombré une vingtaine de coups de couteau, trois dans la gorge et les autres dans la poitrine…

— Ils n'ont pas souffert, ils sont restés allongés sur le lit, face à face…

— Ils ont rampé sur le sol après les premières blessures ! La moquette, le lit, les murs étaient recouverts de sang ! Leurs corps se trouvaient à vos pieds quand je suis rentré dans la chambre…

— Non, c'est faux… il… Nous étions si heureux ensemble… depuis des années…

— Vous êtes folle, votre psychologue parle d'une relation toxique, d'une emprise amoureuse déviante, de schizophrénie…

— L'Amour est tout cela à la fois.

— Pourquoi ? hurle le policier.

Ce n'est qu'un enfant qui désire équilibrer son monde en justifiant mon crime, me dis-je en baissant les yeux. *Il cherche des réponses apaisantes, des caresses pour sa conscience, pour mieux s'endormir ce soir…*

— Parce que je l'aimais, parce qu'il m'aimait…

— On ne tue pas par amour !

— C'est pourtant ce que je vous ai dit quand je vous ai appelé. Vous vous en souvenez ?

— Vous m'avez dit : « Je viens de tuer deux personnes, je vous attends, je me livrerai sans résistance. » Vous m'avez ensuite donné votre adresse.

— C'est exact. Et j'ai répété que je l'avais fait parce que je l'aimais, que je ne voulais pas disparaître de sa vie… que je refusais que notre amour disparaisse… Il n'y a toujours eu que nous deux… Je… je ne voulais pas d'un « nous trois », où j'existerais par intermittence. Je désirais que notre amour pur, originel demeure…

— Et c'est pour cela que vous avez tué votre fils et sa compagne, pour qu'il ne soit à jamais qu'à vous ?

— Oui, c'est pour cela. Pour que dans ma mémoire et mes souvenirs, ce « nous trois » n'efface jamais notre « nous deux »… Traitez-moi de folle si vous le souhaitez, mais je sais qu'à présent, je serai toujours amoureuse de mon fils… et qu'il n'aura connu que notre amour, le plus parfait et le plus pur amour qu'un homme puisse ressentir dans sa vie. Vous ne saisirez la beauté de mon acte que lorsque vous deviendrez parent. Et alors, ma folie, comme vous le dîtes, deviendra la vôtre. Croyez-moi, vous ne ressentirez pas de sentiment plus fort que cette folie.

Gaufrette

Laurence Peyrin

— Tu n'as toujours personne ? Jolie comme tu es…

C'était quand même formidable, cette réflexion.

Combien de fois l'avait-elle entendue ? De sa grand-mère, passait encore, mais de sa mère, de ses collègues au Muséum, de ses copines de yoga… Toutes générations confondues, le gynécée entonnait la même réclame de colporteur de cambrousse : regardez cet œil frisant sous cette frange lumineuse – ou le contraire, selon la météo new-yorkaise.

Et si elle, jusqu'ici, trouvait les hommes trop ordinaires ? Personne ne se posait la question ?

Un soir, un collègue gentil, qu'elle fréquentait comme ça depuis un moment, mais avec qui elle n'avait pas voulu aller plus loin, lui avait dit : « Ton problème, c'est que tu veux être Scarlett O'Hara. Vivre des trucs passionnés. T'es pas dans la vraie vie. »

Il avait raison, sûrement. Wanda tombait amoureuse de Ryan Gosling ou d'un personnage de roman, et c'était beau, c'était fort, il y avait de la musique, des parfums qui n'existaient sur personne d'autre, de grandes envolées érotiques.

Et pas de poils dans la baignoire.

Elle avait été dans la vraie vie, deux ans durant. Elliott lui préparait son brunch le dimanche, lui offrait des fleurs pour rien et pétait en dormant – elle aussi, sans doute, et l'idée la glaçait lorsqu'ils se mettaient au lit après avoir partagé une pizza devant la télé.

Ils avaient deux salaires, un bel appart à NoLiTa, mais elle avait fini par ne plus voir l'avantage d'échanger les moments de solitude qu'elle tentait de grappiller contre quatre-vingts mètres carrés à Manhattan, des débats sans fin sur l'utilité d'un mariage avec trois cents invités, et une vie sexuelle conforme à ce que la société exigeait d'elle. En outre, elle n'était pas suffisamment dupe de ses sentiments envers Elliott pour s'émouvoir de ses gaz.

Wanda était sortie en douceur de cette relation avec une notion du couple devenue parfaitement étrangère, et la conclusion que cette union sociale ne consistait qu'à résoudre à deux des problèmes qu'on n'aurait jamais eus tout seul.

« Et les enfants, s'était lamentée sa mère. Tu as pensé à avoir des enfants ?

— J'en sais rien, je sais pas.

— T'en sais rien ? Tu as trente-six ans, ma chérie ! »

« Le quotidien, c'est bien quand même, avait soufflé sa collègue Lizzie, le teint cireux devant la machine à café. Ça rassure. »

« Tu sais, même Ryan Gosling se coupe les ongles de pieds », avait renchéri Camille, sa meilleure amie, dans la posture du cobra sur son tapis de yoga.

Et curieusement, ça plus qu'autre chose, avait fait réfléchir Wanda.

Devant l'image de Ryan Gosling se contorsionnant au-dessus de son lavabo, elle avait entendu résonner le glas de ses illusions romantiques dans le *clic clic* d'un vulgaire coupe-ongles.

Et puis, juste derrière, les clochettes de son horloge biologique.

Effectivement, ça commençait à bien faire. Depuis Elliott, son hymen avait dû finir par se ressouder comme un bouchon de plomberie, et si elle voulait avoir l'opportunité de fonder une famille – le voulait-elle, d'ailleurs ? elle ne savait pas –, il fallait qu'elle se confronte à la réalité.

Voilà pourquoi elle était posée depuis un quart d'heure sous la marquise d'une terrasse de Greenwich Village, les fesses en biais sur la causeuse rayée crème et lie-de-vin d'un salon de thé français, à attendre sans rien attendre.

Il s'appelait Nils, il était comédien à Broadway, il aimait le rock des années 1970, la cuisine italienne et les balades à vélo, n'écrivait pas ses messages en abrégé, et Wanda ne l'avait jamais vu en vrai – pas plus que Ryan Gosling. C'était sans doute parce qu'il était comédien qu'elle l'avait choisi sur Tinder, comme Ken-à-la-Plage sur les catalogues de Noël de Macy's quand elle était petite. Elle se donnait encore une chance qu'il ne soit pas tout à fait réel.

Le gars arriverait en slip de bain avec des étoiles sur les dents, aussi bien.

Déjà, il était en retard, ce qui était un bon point pour lui. Wanda détestait les gens en avance, elle trouvait cela d'une impolitesse intrusive. « Tu es prête ? » lui demandait Elliott à l'époque où ils n'habitaient pas encore ensemble, et où il sonnait chez elle un quart d'heure avant l'heure convenue. Non, elle ne l'était pas, elle avait son tube de mascara à la main, sa robe était toujours sur son cintre, bref, il la pressait et lui gâchait sa surprise.

Nils, lui, ne viendrait peut-être même pas, espéra-t-elle en croquant dans sa gaufrette. Wanda réunit les miettes en petit tas dans sa soucoupe. Voilà pourquoi elle aimait cet endroit un peu kitsch, avec ses meubles imitation Louis-Machin et ses affiches rétro de la tour Eiffel : pour son café fort, moins tassé que chez l'Italien d'à côté, mais rien à voir avec l'eau chaude au lait végétal qu'on servait dans les coffee-shops du quartier.

Et pour ses gaufrettes.

Un éventail alvéolé léger et friable comme un rêve, un fondant praliné, à la vanille ou au chocolat, que Camille, son amie française, faisait venir d'outre-Atlantique par la Confrérie de la Gaufrette Mâconnaise.

Wanda laissa le biscuit fusionner lentement avec sa langue, les yeux mi-clos sur le soleil de printemps qui faisait scintiller la vapeur des bouches d'égout. Elle avait préféré un rendez-vous ici en plein jour à un verre dans un bar branché à la nuit tombée. Même si le salon de thé appartenait à sa meilleure amie qui ne manquerait pas de la faire espionner par l'une de ses serveuses, c'était plus sûr – elle aurait probablement bu comme un trou s'il avait fallu aller rejoindre Nils dans un café branché, la nuit ressemblait à du tout cuit qui flanquait le stress.

La journée, elle avait une issue.

Wanda vérifia du bout du doigt que des reliefs de gaufrette mâconnaise n'étaient pas collés à son baume à lèvres, passa ses mains au gel hydroalcoolique, détendit ses épaules d'un tour de tête.

Elle allait précisément vivre ce qu'elle ne voulait pas : faire connaissance, discuter, rire pas trop fort, toute cette parade qui prendrait un temps fou. Elle avait la flemme.

Dans ses films, elle croisait un homme sublime dans une librairie, ils se regardaient sans avoir besoin de dire quoi que ce soit, et paf, ils étaient mariés et cuisinaient des lasagnes avec des verres de vin gros comme des ballons de foot posés sur la table de leur cuisine commune, en se donnant des petits coups d'épaule complices. (Accessoirement, ils baisaient sur le plan de travail.)

— Bonjour. Wanda ?

Elle ne l'avait pas vu venir.

Il était très beau.

Vraiment très beau.

À se demander ce qu'il foutait sur Tinder. Ce truc, c'était pour les jeunes qui voulaient s'amuser, mais à partir de trente-cinq ans on n'y trouvait que des miséreux comme elle, non ?

Elle s'était dit que s'il ressemblait davantage à Woody Allen déguisé en spermatozoïde qu'à sa photo de profil, elle irait aux toilettes et filerait par la porte de derrière.

— Oui, dit-elle à la place.

Il sourit. Il n'avait pas d'étoiles sur les dents, mais deux jolies fossettes qu'on ne voyait que sur les fesses des anges de Michelangelo au plafond de la chapelle Sixtine.

— Je suis Nils, dit-il en lui tendant la main. Je peux m'asseoir ?

Wanda acquiesça, un peu étourdie. Sa paume était chaude et pas moite – même s'il était beau, ça aurait été rédhibitoire, comme les ongles rongés, les pellicules dans les sourcils, et tout un tas de trucs dont elle aurait pu faire un tableau Excel.

— Pardon, je suis en retard, fit Nils en dénouant l'écharpe légère qu'il portait sur une chemise en lin. Et je n'ai même pas d'excuse, c'est juste que je suis toujours en retard, je n'ai aucune notion du temps.

Elle aima ça, évidemment. Le retard, et l'excuse qui ne cherchait pas à en être une.

— Ce n'est pas grave, répondit-elle. Il fait beau.

Quelle andouille ! pensa-t-elle. *Parle-lui de la météo, ça commence bien.*

Nils avait les mêmes cheveux blond foncé bouclés que sur sa photo, les mêmes iris bleu glacier, le teint chaud. L'écharpe assortie à ses yeux ne servait qu'à faire joli. Tout de suite, c'était presque émouvant d'imaginer cet homme prendre le temps de faire le nœud parisien qui lui donnerait cette allure chic décontractée. Il savait ce qui lui allait. Encore un bon point.

Wanda lissa machinalement son jean, se demandant s'il la trouvait lui aussi fidèle à sa photo, dans sa tunique rose poudrée, ses ondulations châtain coulant sur ses épaules.

— Pourquoi Tinder ? demanda-t-elle cash en croisant les jambes avec une décontraction feinte.

Cela faisait très Rachel Maddow sur MSNBC. L'effet se fit.

Nils eut un air interdit, vaguement admiratif, franchement amusé, et cette dispersion sensorielle donna à ses iris des variations célestes, et des ombres frissonnantes à sa barbe de matin sensuel.

Il n'avait pas fallu deux minutes à Wanda pour être complètement saisie.

— Eh bien, dit-il dans un éclat allègre, voici la première et vraie bonne question. Tout le reste en découlera, n'est-ce pas ?

— Oui, admit-elle franchement.

— Comme je ne peux pas savoir ce que toi, tu attends, je prends un risque : si je te réponds que je recherche le grand amour, tu ne me croiras pas.

— Ça fonctionne pour certains.

— Et puis, surtout, si toi tu ne veux que t'amuser sans prise de tête, je vais te faire peur. Ça, c'est l'option un. L'option deux, c'est que tu penses l'inverse.

Il avait ouvert ses mains pour marquer l'évidence, et Wanda vit son duvet blond sur ses phalanges fines, ses articulations solides, ses ongles lisses et son poignet large cerclé d'un bracelet en cuir.

Des mains d'homme. Elle en ressentit une pointe au fond du ventre.

— Je vais être honnête..., commença-t-il.

La serveuse, Mandy, était arrivée dare-dare, la bouche en cœur. *C'est pas vrai,* se dit Wanda, *Camille lui a collé un micro ou quoi ?*

La fille se confondit en excuses comme devant un couple présidentiel, nota un matcha pour lui et un London Fog pour elle, et repartit en laissant glisser un œil dans le creux du cou de Nils. Le compte rendu à Camille allait être salé.

— Et des gaufrettes ! lança Wanda par réflexe dans le dos de la serveuse.

Après un silence, elle revint sur le bel homme assis en face d'elle. Il avait commandé du matcha, c'était un léger hic, un peu bobo, mais il avait quand même l'élégance de lui éviter l'haleine fétide d'après café.

— Alors, reprit-il, je vais être honnête : Tinder, je ne sais pas ce que j'y cherche.

— Une manière habile de me dire que je peux y trouver ce que je veux, rétorqua-t-elle, se trouvant d'un coup de l'esprit.

Ils étaient rares, les hommes à lui en donner l'espace.

— Et toi, que cherches-tu ?

— Je ne sais pas non plus.

— Parfait, dit-il. Alors voilà, je m'appelle Nils, j'ai trente-trois ans, je suis comédien pas célèbre parce que sans doute pas très bon, un peu mannequin, un peu danseur, j'ai des tableaux dans *Hamilton* en ce moment et ça me va très bien. Ma mère est prof de danse à Julliard, elle est suédoise, d'où mon prénom, mon père est texan, banquier, et a voté Trump. Moi, non. J'ai fait Occupy Wall Street contre le capitalisme quand j'étais très jeune, et je crois bien qu'il m'a déshérité. En gros, je suis un mauvais parti. Pas de frère et sœur. (Il réfléchit, et une fossette se creusa sur sa joue.) Je ne suis pas végan, j'aime boire des coups de temps en temps, et j'ai la trouille des rats. Maintenant, dis-moi ce que tu veux.

Wanda était désarçonnée. Elle n'aurait jamais imaginé qu'un rendez-vous se passe de cette façon, si naturelle. Elle avait préparé tout un tas de considérations sur les saisons new-yorkaises, les amplitudes thermiques qui vous rendaient dingue, une liste de séries télé et de ses endroits préférés à New York, en notant mentalement des twists malins qui rapprocheraient les unes des autres – *je suis tombée sur le tournage de* The Marvellous Mrs Maisel *dans Garment District, on se serait cru dans les années 1950, et patati et patata.*

Et voilà que l'homme lui évitait le pensum préalable à tout premier rencard. Avec lui, on brûlait les étapes, comme dans ses rêves.

Elle pensa à Ryan Gosling se coupant les ongles de pieds, et retomba sur terre, concise, efficace :

— Bonjour, Nils, je m'appelle Wanda, j'aurai trente-six ans la semaine prochaine, je travaille au Muséum d'Histoire naturelle, au département des animaux empaillés…

— Tu es taxidermiste ?

Nils avait ouvert grand ses beaux yeux.

— Non, conservatrice. On veille à l'entretien, que les peaux ne craquellent pas, ce genre de choses. Tu trouves ça glauque ?

— Absolument pas, c'est fascinant. Pardon, continue.

— Euh… eh bien, ma mère est brésilienne, d'où mon prénom, elle ne travaille pas, mon père est du Bronx et il est grossiste en tissu. Pas de frère et sœur non plus. Et je n'ai voté ni Biden ni Trump, l'un est sénile, l'autre, enfin, tu sais… Mais j'avais voté Hillary.

La serveuse était revenue, déposant avec cérémonie les deux tasses devant eux. Sur la surface verte du matcha et le nuage crème du London Fog, Wanda vit avec horreur flotter deux cœurs de mousse. Et le sourire de l'autre gourde par-dessus son plateau.

— Ça nous fait pas mal de points communs, remarqua Nils, son œil complice survolant les écumes sirupeuses. Nos familles, notamment.

— On ne s'était pas déjà dit tout ça par messages ?

— Probablement, mais ce n'est pas pareil.

Il lui plaisait. Vraiment, il lui plaisait.

Il était donc possible, ce coup de foudre que tout le monde lui refusait ? Wanda envoya balader les esprits pratiques, s'adonnant au plaisir premier de la conversation avec cet homme qui, depuis toujours, l'attendait quelque part.

Il la regardait avec une telle acuité qu'elle en devenait la meilleure version d'elle-même : séduisante, spirituelle, émouvante.

Le parfum de Nils l'enveloppait d'une soie de vanille boisée, comme dans ses films.

— Ton anniversaire, la semaine prochaine, donc ? lui dit-il.

— Oui. Mardi.

— Il va falloir faire quelque chose d'inoubliable.

Il avait rapproché sa main de la sienne. Depuis combien de temps étaient-ils assis ici, tous les deux ? Le soleil s'était voilé.

— J'avais oublié les gaufrettes, intervint la serveuse, confuse.

Espionne, se dit Wanda. Elle lui lâcha un sourire froid et poussa la soucoupe vers Nils.

— Goûte, lui intima-t-elle.

C'était une invitation sensuelle, impérieuse, de l'amante à son amant.

Wanda aperçut une lueur dans les yeux de Nils, sentit de façon absolument physique cette vibration entre eux, comme une fission éclatant en deux atomes légers. Quand elle vit ses lèvres, fermes et voluptueuses, enserrer le biscuit, elle atteignit la stratosphère et retint un gémissement.

— C'est bon, dit-il.

Oh oui, ça l'était.

Il avait une miette collée au coin de la bouche.

— Qu'est-ce que c'est ?

— Une gaufrette.

— C'est léger, on dirait une hostie. Avec du chocolat.

La miette bougeait.

Nils se frotta les mains, comme s'il se débarrassait du biscuit.

— Bon, fit-il, ton anniversaire. Mardi.

— Mmm.

Il n'avait pas senti la miette qui maintenant pendouillait, fichée dans un pli comme une chips dans un bol de houmous. Wanda essayait de ne pas fixer sa bouche, souriant, répondant par onomatopées extatiques à toute une série de propositions féeriques – un rooftop de l'autre côté de l'East River, un pique-nique aux chandelles à Central Park, mardi soir, il ferait beau.

Ensuite, ils se marieraient et feraient beaucoup d'enfants, essayait-elle de se dire, mais la miette pendouillait. Fallait-il qu'elle lui signale discrètement ? *T'as une miette, là.* Peut-être même qu'elle la lui enlèverait elle-même, effleurerait sa bouche…

Elle grimaça intérieurement tandis qu'il en était au kayak nocturne sur l'Hudson devant la skyline illuminée. Elle avait une fois laissé Camille lui faire la conversation toute une soirée au restaurant avec une crotte de nez sans oser moufter – y compris quand deux gars étaient venus leur proposer un verre –, mais une foutue misérable miette, c'était quand même moins gênant, non ?

Elle pensa aux ongles de pieds de Ryan Gosling – *clic clic*, faisait l'horloge.

Ça n'irait pas, et ça n'irait jamais.

C'est ce qu'elle s'était dit ce soir-là, le menton posé sur ses genoux enserrés à pleins bras, en pyjama devant la télé – dans le poste, il y avait Bradley Cooper, yeux bleus, impeccable et probablement dépourvu de système digestif.

S'engager avec Nils, l'homme de rêve, équivaudrait à entrer dans le Lincoln tunnel aux heures de pointe : le premier coup de klaxon vous fait tiquer, le dixième vous fait hurler, le centième, couplé aux vapeurs d'essence, vous donne envie de buter tout le monde. Et on ne peut pas sortir.

Chez Nils, le klaxon retentirait sans prévenir, par-dessus une odeur flottant sous le désodorisant des toilettes, un café mal rincé dans le baiser du matin, une trompette nocturne.

Une miette de gaufrette, ce n'était rien, mais ça annonçait tout le reste. Voilà le problème de l'homme parfait : on est à l'affût, on ne lui passe rien.

Il faudrait à Wanda cohabiter avec le spectre de la déception.

Alors ça n'irait pas.

— Tu exagères, lui dit Camille, le lendemain matin. Mandy m'a dit qu'il était sublime.

— C'est bien le problème.

Wanda ne lui parla pas de la miette, enfournant deux gaufrettes à la vanille d'un coup pour en conjurer le souvenir, la mâchoire comme un Sanibroyeur. Qu'est-ce qu'elle pouvait bien lui reprocher, Camille, qui enchaînait les aventures sans trouver le bon type non plus ? Elle n'était pas plus avancée, alors à choisir, Wanda préférait une soirée télé à une partie de jambes en l'air, elle n'en avait pas le droit ?

— Ouais, soupira Camille. T'as peut-être raison.

Elle ne l'embêterait plus.

Ce soir-là, l'air était doux. Lorsque Wanda émergea de la bouche de métro à Sheridan Square, elle sentit une odeur légère, sucrée. Elle n'habitait pas loin de l'immeuble de *Friends* – ceux-là, Monica, Phœbe, Chandler, Rachel, Joey, Ross, elle détestait les voir vieillir : plus que n'importe qui, ils faisaient tourner l'horloge.

Mais elle n'avait pas donné son adresse à Nils, avait effacé son profil Tinder. Avant de répondre à son dernier SMS, elle avait réfléchi deux secondes et avait répondu : « Je ne suis pas capable d'avoir une relation en ce moment, pardon. »

Il avait respecté sa décision. C'était vraiment un chouette type. Il la laissait tranquille.

Alors, ce parfum dans l'air, ce ne pouvait pas être lui. On aurait dit les émanations d'une fabrique de biscuit, mais curieusement, personne dans la rue ne semblait y prêter attention.

Sur Christopher Street, il y avait une vitrine devant laquelle elle était passée mille fois sans vraiment la voir. Sur le pavé rendu glissant par une bruine printanière, quelqu'un avait laissé tomber un morceau de gaufrette de chez Camille ; son talon ripa sur le fourrage à la vanille – *cette odeur, c'était ça ?* se demanda-t-elle bêtement, se retenant d'une main glacée à la vitrine.

Des jouets, des petits manteaux, des bols… Elle enregistra tout ça tandis que son profil s'imprimait sur la vitre.

— Connerie ! brailla-t-elle.

Et des yeux noirs qui la regardaient, alors qu'elle reprenait son équilibre, face à la boutique.

Wanda ne bougea plus. Elle n'avait jamais vu de regard aussi profond. Aussi bienveillant. Cette odeur de biscuit. Cette certitude.

Ça existait vraiment. Elle s'était trompée sur toute la ligne.

L'amour fou. Inconditionnel.

Pas de crainte, pas de jugement. Toi et moi.

La vie de Wanda avait changé en glissant sur une gaufrette, comme dans les téléfilms de Noël à la con – elle voulait bien admettre être une romantique pathologique, mais elle refusait dorénavant de croire qu'un cow-boy du Wyoming qui s'enquillait quatre kilos de purée et trois dindes farcies en une heure trente n'allait pas faire caca au moins une fois par jour.

Elle avait vu les yeux noirs qui ne regardaient qu'elle, elle avait senti l'appel indicible, avait poussé la porte de la boutique et avait dit :

— Tu vas venir avec moi à la maison. Ce sera ta maison, toute ta vie. Je vais t'aimer tous les jours. Je t'aime déjà.

Elle avait fait une carte bancaire de mille deux cents dollars et était repartie.

Une petite chienne de trois mois trottant au bout d'une laisse toute neuve.

Cela n'avait pas pris plus de dix minutes.

C'était un Coton de Tuléar, un chien apporté par des pirates à Madagascar au XVIe siècle, et Wanda détestait qu'on la confonde avec un Bichon, même si elle y ressemblait, en moins frisée. Elle n'avait rien contre les Bichons, mais ce n'en était pas un, voilà.

Elle aimait tout, chez elle. Le fait qu'elle ne soit pas le genre de chien devant lequel on s'extasie, comme un Berger australien ou un Lévrier afghan, qu'elle ait la gueule de travers parce qu'elle bouffe ses poils trop longs, sa frange blanche qui lui retombe sur les yeux – et l'air franchement con, parfois, qui faisait sourire les passants. « On dirait qu'elle flotte », lui avait répondu un jeune mec, quand Wanda avait fini par lui demander pourquoi sa chienne les faisait marrer, ses potes et lui.

Elle aimait son odeur de charcuterie, riait à ses pets, ramassait ses crottes et se fichait pas mal qu'elle fasse ses besoins dans le couloir quand il pleuvait des cordes. Elle aimait lui claquer des bisous sonores entre les deux yeux, calant son menton sur sa truffe, c'était sa place.

Elle aimait ses « fneuff » intempestifs, cet élan formidable, ce moment suspendu juste avant un éternuement sorti d'on ne savait où. Elle aimait la voir se promener à l'envers, se roulant le dos dans l'herbe avec délice – une fois, la chienne s'était vautrée sur un calamar cru laissé par des étudiants après une stupide fête d'intégration, et il semblait à Wanda que c'était l'anecdote la plus drôle qu'elle ait racontée de sa vie.

Elle aimait les trois poils rebelles sur son nez brillant comme une olive noire, elle s'amusait à essayer de les attraper entre deux doigts, mais la chienne ne se laissait pas faire. Ces poils-là, la toiletteuse avait interdiction de les couper.

La petite chienne était la dernière personne – c'en était une – que Wanda regardait avant de dormir, la première qu'elle voyait en se réveillant. Avec elle, tout avait un sens, tout était verbalisé entre les quatre murs de son petit appartement et en dehors : « Tiens, je vais faire le ménage. Tu entends les oiseaux ? Hein, tu les entends ? » Son regard sur elle…

Wanda n'aurait jamais cru qu'on pouvait se sentir aussi épanoui pour si peu.

— Elle est mignonne, reconnaissait sa mère. Mais tu n'auras pas d'enfant avec une chienne, tu le sais, ça ?

Camille, elle, n'aimait que les chats. Plus indépendants.

Dans les yeux noirs, Wanda existait. Elle avait l'animal le plus heureux du monde, c'était sa mission. Elles grandissaient ensemble.

New York était une ville à chiens, Wanda n'y avait jamais vraiment prêté attention tant l'une allait avec l'autre. Toutes les races, des petits, des grands, toutes les couleurs. Se rendait-on compte que c'était sur terre la seule espèce vivante qui, d'un spécimen à l'autre, présentait autant de différences ?

Mettez un Saint-Bernard à côté d'un Chihuahua, pour voir.

Elle qui travaillait au milieu des animaux en voie de disparition – et morts, certes – au Muséum d'Histoire naturelle, ne s'était jamais penchée sur l'animal vivant le plus commun qui existe. Et ils se promenaient avec leurs maîtres sur tous les trottoirs de la ville, souvent par deux, énormes ou minuscules, se foutant bien de la gueule que l'autre pouvait avoir.

Marchant au pas de sa chienne, Wanda découvrait les parcs sous un autre angle. Elle qui, auparavant, n'allait au Madison Square Park que pour faire la queue devant le Shake Shack, n'avait plus mangé de burger depuis six mois, préférant s'installer dans l'enclos à petits chiens – il y avait à côté celui pour les grands – que la ville avait décidé d'élargir.

Elle s'en félicitait, échangeait avec les autres propriétaires sur les croquettes, la propreté, les lieux de baignade, découvrait un autre monde. Les gens étaient gentils. Même si parfois, elle grinçait intérieurement – *Non, ce n'est pas un putain de Bichon !*

Ce jour d'été, sous la fraîcheur des frondaisons, elle avait refermé son livre pour regarder le groupe qui s'entremêlait sur la petite colline en gazon synthétique. Il y avait là un bébé golden Doodle, un petit Terrier, un Spitz nain, un autre Doodle, noir celui-là, et une envolée de poils blancs qu'elle devrait laver en rentrant à la maison.

C'était un spectacle. Elle souriait. Elle aurait pu passer des heures à regarder des chiens jouer.

Elle n'avait pas remarqué le type qui s'était assis à l'autre bout du banc – ici, tout le monde partageait le territoire sans que ce soit louche.

Aussi, elle ne sut qu'il s'adressait à elle que par les mots qu'il prononça :

— C'est un petit Coton ? Elle est marrante.

Wanda tourna la tête : oui, c'était un Coton.

Le type n'avait rien de spécial, des cheveux châtains, des yeux bruns sous ses lunettes. Un tee-shirt gris chiné, un jean.

— Moi, c'est le golden Doodle. Trois mois. Il s'appelle Cooper. Et la vôtre ? demanda-t-il.

Vraiment rien de spécial.

Mais ça arrive comme ça.

— Elle s'appelle Gaufrette.

Grâce à toi

Patrick Senécal

Bon. Je te dois une explication. Crois-moi, mon amour, je suis pas fâchée contre toi. Mais pour que tu saisisses bien, je dois remonter loin. Je sais, ce genre de discussion romantico-nostalgique t'exaspère, mais si tu m'écoutes jusqu'au bout, tu vas comprendre, d'accord ? Tu veux une bière ? Non, j'avoue que c'est pas... Excuse-moi, je suis un peu nerveuse pis... Bon, OK. Je me lance.

Dès que je t'ai aperçu la première fois, j'ai tout de suite su que t'étais l'homme de ma vie. Oui, oui, je dois commencer par le début, un peu de patience... Réalises-tu que ça fait déjà onze ans ? J'étais entrée au *Charlemagne* pour appeler un taxi, parce que mon cellulaire était vide. C'était le cinq à sept, il y avait donc beaucoup de monde dans le bar, mais quand je t'ai vu derrière le comptoir, en train de servir les clients, mon cœur s'est arrêté de battre, je te jure. J'étais pourtant pas une petite fille naïve, j'avais vingt-cinq ans, pis j'avais connu deux ou trois histoires d'amour, qui ne s'étaient pas très bien passées, mais quand même. Quand je t'ai demandé de m'appeler un taxi, ton regard de fauve m'a transpercée pis tu m'as encouragée à prendre un verre avant de partir. J'ai jamais beaucoup fréquenté les bars, je suis un peu gênée en public, comme tu le sais, mais ton invitation m'a mis le feu au ventre, pis j'ai pas pu refuser. Malgré la foule, t'as trouvé le moyen de venir me parler plusieurs fois pendant que je buvais mon verre de vin. Lorsque je suis partie une heure plus tard, on se donnait rendez-vous le lendemain pour souper. J'étais tellement excitée que j'ai pas dormi de la nuit. Je savais encore rien de toi, sauf l'essentiel : tu étais celui qui me ferait enfin découvrir l'amour, le vrai. C'est comme ça que tout a commencé. Un commencement idéal. Je te dis tout ça pour que tu comprennes que je me suis pas sentie manipulée. Dès le début, t'aurais pu me séduire sans subtilité, t'arranger pour que je reste toute la soirée au bar, jusqu'à la fin de ton shift, mais non. Pis ça, je l'ai apprécié.

Je me souviens parfaitement de ce premier souper, d'ailleurs. On a beaucoup parlé. J'ai appris que t'avais vingt-six ans, que tu travaillais dans ce bar depuis quatre ans, que tu habitais seul dans un appartement, que tu jouais de la guitare et que tu rêvais d'endisquer avec ton band. Toi, t'as su que j'étais réceptionniste dans un bureau de dentiste, que je vivais seule aussi, que j'aimais les séries télé, que j'avais peu d'amies, mais qu'elles comptaient beaucoup pour moi, pis que j'étais pas très habile en public. Ce soir-là, tu m'as reconduite à mon appartement en me donnant qu'un seul baiser, sans essayer de me convaincre de te laisser monter avec moi. Pourtant, j'aurais sans doute accepté tellement j'étais excitée. Surtout par tes mains. Je les trouvais si belles, si expressives, je les imaginais sur mon corps, pis ça me provoquait des bouffées de chaleur intolérables. Mais j'avoue que j'ai aimé que tu sois chaste lors de cette première rencontre. Ça démontrait ton sérieux, ton respect pour moi. On s'est organisé un prochain rendez-vous, pis une fois chez moi, toute seule, je me suis caressée en fantasmant sur toi, sur tes mains partout sur moi. Je te l'avais jamais raconté, je pense, hein ? Ça me gêne un peu, mais bon, hihi, c'est drôle, non ? Bref, je te croyais sincère ; encore aujourd'hui, je le crois toujours. Donc, y a aucun regret de ma part ; aujourd'hui, je me dis pas : « Ah, si j'avais su à l'époque qu'il me manipulait… » Non, pas du tout. T'as été parfait, mon cœur.

Et je te rassure tout de suite, ce qui nous arrive en ce moment ne vient pas du fait que t'es un mauvais amant. Oh que non ! Mais ça, t'as dû t'en rendre compte rapidement. Quand on a fait l'amour pour la première fois trois jours plus tard, j'ai eu une preuve supplémentaire que t'étais l'homme de ma vie : tu m'as fait jouir très vite et très fort, alors que normalement, j'ai beaucoup de difficulté à atteindre l'orgasme en couple. Cette nuit-là, j'ai découvert que c'étaient pas juste tes mains qui étaient magiques, mais aussi tes yeux de braise, ta langue fougueuse et ton membre si habile. D'ailleurs, je te l'ai souvent dit. J'étais chanceuse, car tout ça m'appartenait, j'étais la seule à en profiter. En tout cas, c'est ce que je pensais… Non, proteste pas, chéri. Laisse-moi continuer. T'étais pas juste gentil, mais tu me baisais comme un dieu. Comment ne pas tomber folle d'amour, n'est-ce pas ? Pis c'est ce qui est arrivé. Si je devais recommencer, je ferais la même chose.

Tu vois ? Là-dessus, j'ai encore rien à te reprocher. T'étais le rêve de toute femme, sache-le.

C'est pour ça qu'on a déménagé ensemble après à peine six mois, tu te souviens ? C'était rapide, mais on était toujours soudés l'un à l'autre, sauf lorsqu'on travaillait. Pis on faisait souvent l'amour, c'était malade. Mais je sais que la vie peut pas être un conte de fées perpétuel. Peu à peu, notre quotidien est devenu moins intense. Moi, j'aurais continué à te baiser plusieurs fois par semaine, je serais sortie avec toi tous les soirs au restau, au ciné, ou juste pour une balade au parc ; mais je me connais, je suis demandeuse, trop demandeuse, alors sache que je t'en veux pas. Surtout que c'est durant cette période que t'as changé ton horaire de travail. Désormais, tu commençais à 20 heures au bar, jusqu'à la fermeture. Tu m'as expliqué que c'était un shift plus payant, donc malgré ma déception, j'ai accepté. T'avais raison, il nous fallait un peu plus d'argent. En plus, je suis tombée enceinte. Oh, que t'étais pas content, mon amour ! Tu voulais pas qu'on garde l'enfant, pis… Non, proteste pas, je m'en souviens parfaitement. Tu disais que tu m'adorais tellement que tu serais incapable de partager cette passion avec un autre être humain. Je t'avoue que j'ai trouvé cet argument très beau, très romantique, pis j'ai failli flancher. Mais je voulais cet enfant qui, pour moi, représentait le résultat le plus concret de notre amour. Je suis restée ferme sur ce point : je garderais le bébé. Alors, t'as accepté toi aussi. Ce qui montre ta très grande ouverture. Je crois bien que c'est la dernière fois que j'ai pu te tenir tête. Mais c'est pas un reproche, mon chéri. Je sais que la plupart du temps, t'avais raison, pis moi tort. Je te répète que cette discussion est pas un règlement de compte. Je veux juste m'assurer que tu comprennes que ce qui nous arrive en ce moment n'est pas une accumulation de frustrations. Pas pantoute. T'as rien à te reprocher. Ça doit être clair, mon amour.

Bon, je vais résumer, sinon ça va être trop long. Pis inquiète-toi pas, Hubert reviendra pas ici après l'école, j'ai demandé à ma sœur d'aller le chercher et de le garder ce soir.

Je te blâme pas non plus pour toutes ces soirées que je passais seule avec notre enfant. Comment t'en vouloir ? Tu travaillais de nuit, alors y avait pas d'autres options. Mes amies, elles, me répétaient sans cesse que t'étais ingrat et sans-cœur, mais elles se trompaient. Je te jure, mon chéri, que j'ai jamais adhéré à leurs reproches, que je t'ai toujours défendu. Pis quand on travaille dans un bar jusqu'à 3 heures du matin, cinq fois par semaine, dont les week-ends, c'est normal d'être crevé le lendemain, donc oui, c'est moi qui devais aussi conduire Hubert à la garderie avant de me rendre à ma propre job. J'allais quand même pas te réveiller pour ça !

Bon, pour être parfaitement transparente, je dois admettre qu'il y a eu un moment où j'ai failli t'en vouloir. Lorsque tu m'as frappée la première fois. Oui, je l'avoue, j'ai eu des doutes. Ils se sont dissipés très vite, crains pas, mais sur le coup... Tu te souviens ? Hubert avait trois ans, et je t'ai dit que tu pourrais tout de même le garder pendant les deux journées où tu travaillais pas, que ce serait mieux pour lui d'être avec son père plutôt qu'à la garderie. Je sais pas ce qui m'a pris d'être si égoïste, je devais être fatiguée. Tu as refusé, tu as répété que t'avais besoin de ces deux journées pour récupérer de tes nuits épuisantes au bar et aussi pour pratiquer avec ton band, ce qui était bien légitime. Je me suis un peu fâchée, pis là, tu m'as frappée. Pas un coup de poing, bien sûr que non, mais une claque en pleine face. Tu t'es tout de suite excusé, t'es tellement sensible. Sur le moment, je me suis demandé si t'avais le droit de me faire ça… Oui, j'ai douté de toi, t'imagines ? Rien qu'à y penser, j'en ai des frissons d'angoisse. Mais j'ai rapidement conclu qu'après tout, j'avais mérité cette claque. C'est vrai que tu travaillais beaucoup, plus que moi, je devais accepter ça. T'étais épuisé. Et, oui, tu devais pratiquer avec ton groupe de musique, surtout que de ce côté, ça n'allait pas très bien, pis ça te frustrait… Pauvre cœur… De toute façon, tu m'as pas frappée souvent au cours des années suivantes, peut-être une douzaine de fois, maximum. Mais c'était ma faute, je t'achalais avec des niaiseries ridicules. Mais au moins, Hubert s'en rendait pas compte ; il aurait pas compris. En plus, tu trouvais toujours le moyen de te faire pardonner, mon petit coquin adoré. Tu me faisais l'amour, pis chaque fois, je redécouvrais tes mains, tes yeux, ta langue, ton sexe, tous magiques, tous si habiles à provoquer mes cris de plaisir. Pis comme on baisait moins fréquemment qu'avant, j'en profitais avec une fougue qui me laissait inerte d'épuisement, mais comblée. Parce que c'est vrai que je m'ennuyais de l'époque où on faisait l'amour à tout bout de champ. En compensation, je me masturbais souvent en pensant à toi. Ça valait pas tout ton attirail, tes mains, tes yeux, ta langue pis ton sexe, mais c'était mieux que rien. Ça me gêne un peu de te dire ça, hihi… Je dois être rouge, hein ?

Je t'en veux pas non plus de m'avoir ordonné de voir mes amies moins souvent, il y a quatre ans. Non, proteste pas… Voyons, je sais pas pourquoi je te dis de pas protester, tu peux pas, même si tu t'agites beaucoup… C'est assez spécial, quand même, de te parler aussi longtemps sans que je sois interrompue à tout bout de champ… J'avoue que c'est assez plaisant. Bref, agite-toi pas comme ça, je te répète que ce sont pas des accusations, mon amour. Alors, oui, t'as voulu que je fréquente moins mes amies, mais t'avais raison, je l'admets. Comme elles remarquaient que, des fois, j'avais des bleus, elles te critiquaient de plus en plus, elles disaient que t'étais un conjoint toxique… Toxique, toi ? Voyons donc ! Même Laurence et Julie me disaient ça ! Elles comprenaient pas ta situation, ta fatigue, ta frustration à cause de ta musique qui n'allait nulle part, pis surtout, elles pouvaient pas se douter qu'un amour comme le nôtre, aussi fort, puisse exister. En plus, elles affirmaient que je changeais, que je devenais bizarre, un peu décalée… N'importe quoi ! Alors, j'ai effectivement arrêté de les appeler parce que t'avais raison. De toute façon, j'aimais regarder des séries à la télé le soir, quand Hubert était couché. Donc, non, je t'en veux pas ; ce qui nous arrive en ce moment est pas à cause de ça. Je suis sincère. Si tu pouvais voir mon visage pis mon regard maintenant, tu saurais que je te mens pas.

Je te reproche pas non plus de m'avoir interdit de sortir seule pendant que tu travaillais. Y a tellement de dangers qui guettent les femmes dans une grande ville, tu voulais juste pas qu'il m'arrive le moindre malheur. Comment t'en blâmer ? Je me sentais si aimée de toi, mon chevalier protecteur.

Je t'ai suggéré une couple de fois d'aller te voir au bar, mais tu refusais : ma présence te déconcentrerait pendant ta job, tu pourrais pas travailler avec efficacité. Moi aussi, mon chéri, je t'aime au point de perdre mes moyens quand t'es près de moi. Donc je restais à la maison, pis pour m'endormir, je me caressais en pensant à toi, à toutes ces parties de ton corps qui me faisaient tant jouir, même si ça arrivait de moins en moins souvent.

Alors, je sais ce que tu te demandes : si je te reproche rien depuis le début, pourquoi j'ai agi comme ça aujourd'hui ? Bon, t'es dans l'incapacité de me poser des questions, mais je suis sûre que c'est ça qui te chicote en ce moment. OK, je vais t'expliquer.

Hier soir, j'ai voulu te faire une surprise pendant que tu travaillais. J'ai fait garder Hubert, pis je suis allée au bar sans te prévenir. Je trouvais que c'était une bonne idée. Juste pour aller faire un petit tour, te dire coucou. Quand je suis entrée, il y avait tellement de monde que tu m'as même pas remarquée, mais moi, j'ai vu que… Tu devais être en pause, parce que t'étais au fond, proche des toilettes, pis tu embrassais une fille. Je veux dire, pas seulement un bec d'ami, là, un vrai gros french. Pis tu lui poignais les seins en dessous de son tee-shirt. Là, je me suis sentie très… très bizarre. Pis je suis partie. À la maison, j'ai réfléchi. Je me suis rappelé que depuis une couple de mois, il t'arrivait des fois de rentrer vers 5 heures du matin au lieu de 3 h 30. Alors, je me suis dit que tu couchais parfois avec cette fille. Peut-être avec d'autres aussi, était-ce le cas ? Voyons, je suis conne de te poser des questions, tu peux pas me répondre sans langue. Le plus bizarre, c'est que j'étais pas jalouse parce que tu baisais une autre femme. Je pouvais comprendre pourquoi : tu fais un travail où tu dois être toujours sollicité par plein de clientes, c'est normal que tu craques de temps en temps. Pis moi, je suis parfois si décevante… J'admettais que tu ailles voir ailleurs, mais j'étais jalouse que d'autres filles jouissent de toi. Je pouvais pas accepter que d'autres que moi sentent tes yeux sauvages sur leur corps, tes mains douces sur leurs seins, ta langue agile sur leur clitoris, ton sexe viril dans leur chatte… Ça, c'était à moi. C'est bizarre, hein, que je raisonne comme ça ? Comme si… comme si je n'avais plus que ça de toi et que le reste avait disparu, je sais pas trop… Pourtant, je viens de t'expliquer que je te reproche rien. En tout cas, *je pense* que je te reproche rien… Je me sens un peu mêlée, excuse-moi.

C'est pour ça que ce matin, après avoir emmené Hubert à l'école, je suis revenue ici, je t'ai assommé pendant que tu dormais, pis je t'ai attaché sur le fauteuil de notre chambre. J'en suis désolée, mon amour, mais si je t'avais réveillé pour tout t'expliquer, c'est certain que tu m'aurais pas laissé faire, t'aurais été trop énervé. Donc, j'avais pas le choix. Pis inquiète-toi pas : tes orbites vides et pis ta langue sectionnée saignent pas assez pour que ce soit dangereux. Il y a les moignons de tes mains, évidemment, mais les garrots sont très serrés, alors tu mourras pas. Pas avant une couple de jours en tout cas, pis comme Hubert revient demain, je vais être arrêtée, pis toi sauvé. Parce que je veux pas que tu meures, voyons, je t'aime trop. L'important, c'est que plus jamais une fille profitera de tes atouts. Mais moi, d'ici demain, je vais en profiter au maximum. Tu peux pas les voir, mais tes mains et ta langue sont posées là, sur le matelas. Pis tes yeux se trouvent sur le bureau, dirigés vers le lit, pour que je puisse bien les regarder pendant que je vais jouir à répétition. Il me reste seulement à m'occuper du dernier accessoire de ton attirail magique, mais je voulais te parler avant parce que lorsque je vais le couper, tu vas perdre trop de sang, alors je devrai cautériser la plaie avec ton fer à souder. Je sais que ton membre ne pourra plus être vraiment dur, mais ce sera mieux que rien.

Voilà, j'ai tout dit. Je suis désolée, mais il n'y a pas d'autre solution. Maintenant, comme tu ne peux plus voir, je t'explique ce que je fais : je m'approche de toi avec le couteau, d'accord ? Cesse de gigoter, ça risque juste de te faire plus mal. Pis arrête de hurler, mon amour, je comprends rien de ce que tu dis. Chuuuut, chuuuut… Si ça peut te consoler, t'as encore tes oreilles : tu pourras donc entendre mes orgasmes jusqu'à demain, en songeant que c'est grâce à toi que je jouis tant.

Les yeux bandés

Sophie Tal Men

Ce matin-là, je me rends dans la petite agence de voyage qu'on affectionne tant. Je tiens à être le premier client, et je me poste devant la vitrine peu avant son ouverture. D'habitude, je viens avec ma femme au milieu de l'hiver, on réfléchit à une destination pour le printemps suivant. C'est souvent Juliette qui choisit. Toujours elle, en fait. Entrer dans la boutique nous fait rêver. La même excitation que si l'on posait un pied dans l'avion, les yeux bandés. Le même goût de l'aventure. C'est peut-être ce qui fait le secret de notre couple. Pimenter notre quotidien d'expériences inédites, de prises de risque. Comme ce saut en parachute qu'elle a réservé pour mes cinquante ans, ou cette nuit en igloo en Laponie collés-serrés sous une peau de bête.

— Bonjour, monsieur Duval, me salue l'employée en me découvrant devant la porte. Je ne vous attendais pas en plein mois de juillet.

Je la gratifie de mon plus beau sourire, réalisant qu'elle ne m'a pas oublié.

— Je souhaiterais organiser un anniversaire surprise à ma femme.

— Je me demandais pourquoi elle n'était pas là... Quelle jolie attention ! Vous ne lui aviez pas déjà concocté quelque chose l'année dernière ?

— Non, le vol en montgolfière en Cappadoce, c'était il y a quatre ans. Avant le confinement.

— Ah oui, c'est vrai ! Vous m'aviez envoyé une carte, je m'en souviens.

— Là, j'aimerais vraiment marquer le coup ! Soixante-dix ans, quarante-deux ans de mariage, cinquante ans depuis notre première rencontre, vous comprenez, ça se fête !

La jeune femme, avenante et pétillante, répond par un sifflement et me fait signe de m'asseoir. Derrière son bureau, un poster géant. Une plage de sable blanc bordée de palmiers.

— Où voulez-vous partir cette fois ? me demande-t-elle innocemment, en allumant son ordinateur.

J'imagine Juliette, assise au premier rang de l'avion, un foulard sur les yeux, un gros bouquet de fleurs à la main. Chaque détail aura son importance pour rendre l'instant inoubliable.

— La destination ? Aucune idée... C'est à vous de me le dire.

— Comment ça ?

— Je voudrais un endroit extraordinaire. De ceux qu'on a la chance d'observer une seule fois dans sa vie.

Dans ses yeux, je vois les idées qui défilent. Des bords de mer, des montagnes, des volcans, des canyons... Elle se lève et commence à sélectionner quelques magazines rangés dans les étagères derrière elle. Je l'arrête.

— Vous m'avez mal compris. Je ne veux pas avoir le choix.

— Euh… je n'ai pas l'habitude de décider à la place des clients.

— À vous de me donner une destination. Une seule.

Elle ouvre de grands yeux étonnés.

— Le monde est tellement vaste. J'ai besoin d'un peu d'aide… Quel climat ? Quelle durée ? Quel budget ?

— Un peu de poésie, s'il vous plaît… Pensez à un décor de carte postale que vous aimeriez ancrer dans votre mémoire pour le reste de votre existence.

Elle réfléchit.

— Je choisirais le jardin de ma grand-mère dans un petit village du Finistère. Il surplombe la mer, c'est magique.

J'éclate de rire.

— On ne peut pas dire que vous poussez à la consommation…

— J'ai une autre idée pour vous. Plus exotique. Que dites-vous de la Nouvelle-Zélande ?

— Nous n'y sommes jamais allés.

— Je viens de lire un roman dont l'intrigue se passait dans les Catlins, la région la plus australe, située à seulement cinq mille kilomètres à vol d'oiseau du pôle Sud. Les paysages étaient à couper le souffle. La nature et rien d'autre. Mais si vous cherchez le grand confort, il faudra opter pour une autre destination.

Je la coupe tout de suite :

— Le grand luxe est réservé à ceux qui n'aiment pas voyager ! Vous savez, quand nous étions étudiants avec Juliette, nous partions en sac à dos à travers l'Europe. Nous logions en camping ou en auberge de jeunesse. Quelquefois même sur les toits des pensions de famille. C'était le bon vieux temps !

— Je pensais justement à un camping situé sur une réserve naturelle avec des bungalows face à l'océan.

— Parlez-moi de cet endroit.

— Le terrain descend en pente douce jusqu'à une anse de sable fin battue par les vagues. Vous aurez peut-être la chance de croiser des otaries, des dauphins d'Hector ou même des manchots aux yeux jaunes…

La sonnerie de mon téléphone interrompt sa description. Le numéro qui s'affiche m'impose de décrocher.

— Désolé, un appel urgent.

— Allez-y, je vous en prie.

— Oui, c'est moi… je vous écoute. Depuis longtemps ? Merci de m'avoir prévenu. J'arrive…

— Un souci ?

Combien de temps suis-je resté le regard dans le vide, le portable collé à l'oreille ? Je me rends compte que la jeune femme me détaille d'un air inquiet. Je me ressaisis.

— Des manchots aux yeux jaunes, vous disiez. Cela va sûrement plaire à Juliette… Pour nos vingt ans de mariage, nous avons sillonné le Québec en camping-car. Nous gardons des souvenirs émus des croisières en zodiaque pour aller observer les baleines et les colonies de phoques. Va pour la Nouvelle-Zélande, vous m'avez convaincu !

— Je peux vous faire un devis si vous souhaitez.

Devis. Je n'apprécie pas trop ce terme. Trop terre à terre pour ce que je projette : un voyage de rêve.

— Oui, planifiez tout… et je repasserai dans quelques jours pour finaliser les choses.

— À très vite alors.

Lorsqu'elle se lève pour me reconduire à la porte, je suis déjà dehors.

La chambre est plongée dans une demi-obscurité. La lumière qui perce à travers les volets roulants zèbre le lit au milieu de la pièce. Juliette est allongée sur le dos, les mains reposant sur sa poitrine. Au poignet gauche, la chaînette en or offerte à l'occasion de nos trente ans de mariage. Au droit, le bracelet brésilien réalisé par notre petite fille aux dernières vacances. La bague de fiançailles à l'annulaire, l'alliance de sa mère au majeur. Le vernis rose qui s'écaille. Je soulève doucement le drap blanc, et m'allonge contre elle, veillant à ne pas la réveiller. Depuis le temps, nos corps ont appris à cohabiter sans se gêner. Je me souviens, comme si c'était hier, de la première fois où je me suis glissé sous sa couette. Elle habitait une petite chambre de bonne sous les toits, en plein cœur du Quartier latin. Nous étions allés au cinéma. Le titre du film, je me le rappelle très bien. C'était *La Nuit américaine* de François Truffaut, avec Jacqueline Bisset et Jean-Pierre Léaud. L'intrigue, en revanche, impossible de m'en souvenir tant j'avais passé la séance la bouche cousue à la sienne. « Chez toi ou chez moi ? » m'avait-elle susurré pendant le générique de fin. Chez elle, c'était plus près. Nous étions si pressés à l'époque. Ivre du contact de l'autre. À chaque étreinte, je craignais que ce soit là dernière. Comment une femme si exceptionnelle pouvait-elle s'intéresser à moi ? Je comptais les jours depuis le soir de février où nous nous étions embrassés. Un, deux, trois… Plus de dix-huit mille aujourd'hui. Si j'avais su. Je m'étends sur le côté, la tempe posée sur le coin de son oreiller, et replie lentement mes genoux pour l'effleurer. Un contact, comme un trait d'union, qui me rassure. Comment pourrais-je dormir sans elle ? Comment pourrais-je vivre sans elle ? D'où je suis, je peux observer son profil. Ses cheveux dorés glissant derrière l'oreille et retombant sur l'épaule. L'arête de son nez, le creux de ses lèvres, la courbe de son menton. Et juste en dessous, une petite cicatrice en forme de V, trace d'une morsure de chien quand elle avait six ans. Je la connais par cœur. Toutes les marques, toutes les histoires. Chaque centimètre carré de sa peau. Elle paraît si sereine quand elle dort. Un masque paisible et détendu qui laisse penser qu'elle n'a connu aucun drame, aucun souci dans sa vie. Il y en a eu un certain nombre pourtant. La maladie de notre fils aîné. Son licenciement. L'accident de voiture. Mon sentiment de culpabilité, sa dépression. Sa prise de poids à la ménopause et ses efforts pour retrouver sa taille de guêpe. Les vaines tentatives de séduction de ma collègue de bureau. Le divorce de notre fille. La souffrance de nos petits-enfants. Le confinement durant la pandémie. Alors que toutes ces épreuves auraient pu nous séparer, cela nous a rapprochés. Soudés pour ne faire qu'un. Plus solide, plus fort qu'avant. Invincible. Cette sensation, je la retrouve dans chaque détail du quotidien, nos habitudes communes : savourer le silence au réveil, pester contre les bruits de tondeuse le dimanche, se baigner dans la mer en hiver, déverser les miettes de pain sur la terrasse pour nourrir les oiseaux, ajouter beaucoup de moutarde dans la vinaigrette, demander « sans ail » quand on commande un plat au restaurant, répéter « le sommeil, c'est important » à nos petits-enfants, ouvrir la fenêtre quand on va se coucher pour sentir la fraîcheur du soir, dire « je t'aime » à l'autre avant de raccrocher. Dire « je t'aime » tout le temps. Combien de fois s'est-on étonnés de penser la même chose ? D'éclater de rire au même moment ? Ou bien de verser une larme ? Les marques d'un demi-siècle de vie commune. Là, en revanche, je ne dormirai pas. Contrairement à Juliette, je suis incapable de trouver le sommeil au milieu de l'après-midi. Cela ne me pèse pas d'attendre à ses côtés. Je lis, je joue sur mon téléphone, j'écoute un podcast, je fais des mots croisés, je cherche des blagues à poster sur le WhatsApp famille ou des devinettes pour mes petits-enfants devenus grands. Mais pas aujourd'hui. Pas l'envie, pas l'humeur. Juste le besoin de la regarder, de profiter de chaque seconde intensément, de mémoriser son profil au cas où elle partirait avant moi. Impossible puisqu'on ne fait qu'un. On s'en ira forcément en même temps. La même seconde.

Je sursaute en entendant frapper à la porte. Des petits coups brefs qui résonnent étrangement dans la pièce, telle une baguette sur un tambour. Deux femmes en blanc font irruption dans la chambre, la mine grave. Je leur tourne le dos, je n'ai pas envie de les entendre.

— Monsieur Duval… ? Pouvons-nous entrer ?

Je laisse filer quelques secondes avant de leur répondre :

— Nous dormions.

Elles insistent. Leur a-t-on appris à respecter l'intimité des gens ?

— Désolée, dit l'une.

Je vois la gêne sur son visage. L'autre s'avance vers nous.

— Nous pouvons vous laisser plus de temps si vous le souhaitez.

Je soupire.

— Du temps pour quoi ?

— Pour lui dire au revoir…

— Je ne comptais pas la quitter.

Les deux femmes se regardent, pleines d'incompréhension. À croire que j'ai utilisé un langage qu'elles ne comprennent pas. Je me redresse sur un coude pour cacher Juliette et faire un rempart pour la protéger. Elles semblent hésitantes.

— Le médecin vous a prévenu par téléphone tout à l'heure. Vous vous rappelez ?

Bien sûr que je m'en rappelle. L'agence de voyage. La plage de sable blanc sur le poster. La surprise que nous étions en train d'organiser. Et puis cette sonnerie désagréable. Le flou qui a suivi. Le sourire inquiet et compatissant de l'employée.

— Il m'a dit quelque chose d'incompréhensible, leur réponds-je sur la défensive.

— C'était clair pourtant.

Je hausse le ton.

— D'après lui, Juliette était partie et il fallait que je vienne rapidement… mais en fait, elle n'a pas bougé. Voyez vous-mêmes !

Les deux soignantes deviennent aussi pâles que leur tenue. L'une colle son dos au mur. L'autre croise les bras sur sa poitrine. Là, maintenant, je souhaite qu'elles s'en aillent. Je marmonne dans ma barbe. Las de les écouter. Las de les voir. Extrêmement las.

— Allez-vous-en.

— Elle est partie, monsieur Duval.

Leurs mots n'ont aucun sens.

— On s'apprête à fêter ses soixante-dix ans, nos quarante-deux ans de mariage, et nos cinquante ans depuis notre première rencontre, vous vous rendez compte ?

— Je sais que c'est difficile à accepter.

— Vous n'y êtes pas du tout.

— Comment ça ?

— Je suis fier de tout ce chemin parcouru ensemble… Ce n'est quand même pas donné à tout le monde d'aimer pendant un demi-siècle !

Elles font la moue. Comment peut-on avoir ce genre de réaction après ce que je viens de révéler ? Je les vois reculer comme si je leur faisais peur, et refermer doucement la porte derrière elles. Je les entends prononcer d'un ton solennel :

— Toutes nos condoléances, monsieur Duval.

Une formule bien singulière pour dire au revoir. Qu'importe. Nous sommes enfin seuls à savourer le silence. Je ferme les yeux. Et je l'imagine, assise, au premier rang de l'avion, les yeux bandés. Avec son bouquet de fleurs à la main. Des pivoines rose pâle, ses préférées. Son guide sur les genoux. Sa trousse de premier secours dans son sac à main. Ses inséparables peigne et miroir de poche pour se refaire une beauté, n'importe où. Je souris. Je pense à l'effet de surprise qu'elle va avoir en arrivant. Combien vais-je devoir payer l'équipage pour qu'il ne révèle pas la destination avant l'atterrissage ? À moi de fermer les paupières aussi. D'imaginer cette plage de Nouvelle-Zélande. Cette beauté sauvage. Ce monde inconnu qui s'ouvre à nous.

Table

Pour plus d'information :

www.lisez.com

Imprimé sur du papier issu de forêts gérées durablement.

CET OUVRAGE A ÉTÉ ACHEVÉ D'IMPRIMER SUR ROTO-PAGE
PAR L'IMPRIMERIE FLOCH À MAYENNE EN JANVIER 2024

N° d'impression : 104030
Imprimé en France